僕《ぼく》と彼《かれ》らの恋《こい》物《もの》語《がたり》

愁堂れな
RENA SHUHDOH

イラスト
高橋 悠
YOU TAKAHASHI

Lovers
Label

CONTENTS

✦本作品の内容は全てフィクションです。
実在の人物、団体、事件などにはいっさい関係ありません。

1

禍福《かふく》はあざなえる縄の如《ごと》し――人間万事塞翁《さいおう》が馬、ともいうが、まさに運不運は隣り合わせ、人生どう転ぶかわからないものである。

大学時代の友人の紹介で、彼が教師をしていた都内有名お坊ちゃん高校に、産休を取る女性教諭のかわりに非常勤として国語の教師の職を得たのが三か月前のこと、それまでの俺は、教育学部に通っていたために教員免許はとっていたものの、よほど試験の成績が悪かったのか、なかなか学校からお声がかからず、非常勤として数か月間雇われるという生活を余儀なくされていた。

もともと教育に関して一家言あるわけでもなく、教職を天職とも思っていなかったこの熱意のなさが、正規の教師として雇われなかった理由かもしれない。三十を超して三年にもなるし、いよいよ人生設計というものを真剣に考えなければいけないよな、と思ってはいたものの、またも非常勤講師の職についた俺ではあったのだが、そんな俺に思わぬ展開が待っていた。

なんと俺にその学校を紹介してくれた友人が神経性胃炎に倒れて休職、ただでさえ人が足りないところにもってきて、いきなりの欠員に学校が対応しきれず、俺が友人のかわりに彼のクラスの担任に任命されてしまったのだ。

「ええー」

教師になって十年経つが、さすらいの非常勤講師の身、恥ずかしながら一度たりとも受け持ちの生徒などいたためしがない。できない、と断ろうかとも思ったのだが、教頭の、

「半年後には正職員に採用したいと考えていますから」

との甘言に、断るのが惜しくなってしまった。

俺の就職放浪人生もここでようやく終わり、それこそ人生設計も立てることができるかもしれない。ここは一発奮起しようと心を決め、俺はクラス担任を引き受けることにした。

受け持つことになったのは二年生のクラスで、何故に友人は神経性胃炎になどなったのだろうと首を傾げるような、問題児の一人もいない平和なクラスだった。

もともとこの高校はエスカレーター式で、殆どの生徒がそのまま大学へと進学する。受験指導もなく、いいところのお坊ちゃまが多いからか、大抵の生徒が素直でおっとりしており、「先生、先生」と慕われる日々に、俺は我が身に訪れた幸運をひしひしと噛み締めていた。

急に担任が代わったことを、生徒の親が心配するのを避けるために、教頭は俺に臨時の家庭訪問をするよう命じたのだったが、この家庭訪問も俺にとっては楽しいとしかいいようのないものだった。

一日でだいたい三軒回るのだが、夕方の訪問先では今まで見たことがなかったような高級な

菓子を出され、夜の訪問先では必ず食事を勧められる。

「どうぞ召し上がってくださいな」

品のいい奥様の手作り料理は各家庭とも凝りに凝っている上に、超がつくほどに高級感に溢れていて、倹《つま》しい俺の食生活は一気に豪華なものになった。クラス全員の家を回りきる頃には、カロリーオーバーで太ってしまうんじゃないかというのが唯一の心配事だという幸運な毎日を送っていた俺は、今、ある生徒の家の前に佇《たたず》みながら更なる幸運が己の身に訪れた予感に打ち震えていた。

既に二軒を回り終え、本日最後の訪問先になったのは、南条光太《なんじょうこうた》という生徒の家だった。

「先生、休み時間、テニスでもやりませんか」

クラスの中でも一番といっていいくらいに、俺になついてくれている可愛い生徒である。『可愛い』のは態度だけではなく、彼の顔立ちもまた少女のように可愛らしい、クラス一の美少年だった。

南条の家も他の生徒たちの家と同じく——いや、それ以上といってもいい豪邸だった。目黒のお屋敷街、二百坪はありそうな敷地面積に圧倒されながら、門柱の表札へと目をやった俺は思わず、

「あ」

と声を上げてしまっていた。

『南条重光《なんじょうしげみつ》』と書かれた表札の隣に書かれた『南条龍之介《なんじょうりゅうのすけ》』の名に気づいたからである。

南条龍之介――今、『恋愛小説家と言えば誰』と十人に問うたら、八、九人が名を挙げるに違いない、著名な小説家である。流麗な文章で綴《つづ》られる美しい恋愛物語は、若い女性のみならずあらゆる年代の男女に熱烈に受け入れられていた。

デビューは今から十年――いや、十五年は昔だろうか。彼の処女作『夜の海　昼の星』は当時ベストセラーになっただけでなく映画化された上に爆発的なヒットを飛ばし、舞台となった沖縄への観光客が前年比二倍となった、といわれるほどの社会現象となった。当時学生だった俺もこの本にいたく感動し、小説家になりたいという幼い夢を胸に抱いたものだ。

実を言うとその夢は二十歳を過ぎる頃まで俺の胸の中で燻《くすぶ》り続けていた。どの文学賞に出してもかすりもしなかったことで才能がないことにようやく気づき、俺は夢を胸の中にそっと封印したのだった。

自分の夢は潰《つい》えたが、南条龍之介の作品はずっと追いかけ、本を読んでは胸を熱くし続けていた。

十五年間、憧れ続けた南条龍之介に会えるのか――？　表札を前に俺が興奮に身体を震わせてしまうのも無理のない話だとわかってほしい。

入院した前の担任――俺の友人だが――と、引き継ぎなど少しもする暇がなかったために、南条龍之介が父兄の中にいることを、俺はまったく知らなかったのだ。ドキドキしながら

僕と彼らの恋物語

竹書房の書籍をご購読いただきありがとうございます。このカードは永く保存し、今後の出版の案内、また編集の資料として役立たせていただきますので、下記の質問にお答えください。また、お答え頂いた中から抽選で、当誌オリジナル図書カードをプレゼント致します。帯に付いている応募券を貼ってお送り下さい。

J
●この本を最初に何でお知りになりましたか
1 新聞広告（　　　　　　　　新聞）　2 雑誌広告（誌名　　　　　　）
3 新聞・雑誌の紹介記事を読んで（紙名・誌名　　　　　　）
4 TV・ラジオで　　5 ポスター・チラシを見て
6 書店で実物を見て　　7 書店ですすめられて
8 誰か（　　）にすすめられて　　9 その他（　　　　　　）

K
●お買い求めの動機は？

L
●内容・装幀に比べてこの価格は？
1 高い　2 適当　3 安い

M
●表紙のデザイン・装幀について
1 好き　2 きらい　3 わからない

N
●好きな小説家・イラストレーターは？

O
●本書のご感想をお書きください。

P
●あなたは今後、竹書房に誰のどんなボーイズラブ文庫を出して欲しいですか？

応募券を
貼って下さい

お手数ですが
切手をおはり
下さい

郵便はがき

102-0072

東京都千代田区飯田橋2−7−3

㈱竹書房　ラヴァーズ文庫

「僕と彼らの恋物語」

愛読者係行

アンケートの〆切日は2005年9月30日当日消印有効、発表は発送をもってかえさせていただきます。

A	芳名《フリガナ》								B 年齢　歳		C 男・女	
D	血液型	E	ご住所 〒									
F	ご職業	1 小学生	2 中学生	3 高校生	4 大学生 短大生	5 各種学校	6 会社員	7 公務員	8 自由業	9 自営業	10 主婦	11 アルバイト	12 その他（　）
G	ご購入書店	区（東京） 市・町・村	書店 CVC	H	購入日　月　日							

※いただいた御感想は今後、「ラヴァーズ文庫」の企画の参考にさせていただきます。
なお、御本人の承認を得ずに個人情報を第三者に提供することはございません。

インターホンを押し、耳をつけるようにして返事がくるのを待つ。

『はい』

思ったよりも若い声が響いてきて、俺は一抹の違和感を持った。光太は確か一人っ子であったから、兄ということもないだろうが、光太の父親世代の声とはちょっと考えがたい青年の声だ。

「前沢《まえざわ》と申します。光太君の担任の。家庭訪問に参りました」

インターホンに向かって話し掛けると、『ああ』とインターホンの向こうで納得した声がした。

『先生とご面談ですね。どうぞ、お入りください』

先生は俺だが――？　首を傾げかけた俺はまた、

「あ」

と声を上げた。南条龍之介『先生』じゃないか、と遅まきながら気づいたからだ。

やはり南条先生が南条光太の父親だったのか、という感慨が胸に込み上げてくる俺の前で、立派な門がゆっくりと開いてゆく。自動ドアならぬ自動門か、と感心しながら俺は中へと入り、立派としかいいようのない大きな玄関の扉の前でまたインターホンを押した。

「はい」

既に出迎えに来てくれていたのか、二秒もしないうちにドアが開き、中から現れた若い男が俺に笑いかけてきた。

「どうぞ」

「お邪魔します」

ビシッと高級そうなスーツを着こなした、ハンサムな男だった。縁なし眼鏡がまた彼を知的に見せている。

「タイミングがよかった。先生はたった今、仕事をあげられたところなんですよ」

長い廊下で前を歩きながら、男が俺を振り返り、自己紹介をし始めた。

「太陽出版の紀谷《きたに》と申します。南条先生の担当編集をしています」

「よ、よろしくお願いします」

太陽出版といえば最大手といわれる出版社である。さすが一流会社にお勤めの人は違うと、俺は紀谷と名乗った男のりゅうとした身のこなしを後ろから眺めながら、おどおどと挨拶を返した。

「こちらへどうぞ。今、先生をお呼びします」

紀谷が俺を案内したのは二十畳はあろうかと思われるリビングダイニングだった。ロココ調、とでもいうのだろうか。デコラティブで高級そうな家具が並んでいる。

「わ」

ベッドのようにでかいソファに座った俺は、クッションに沈み込みそうになり、慌てて体勢を整えた。それにしても凄い部屋だと、俺は室内をぐるりと見回し、まるで美術館にあるような壺やら絵やらにいちいち感嘆の声を上げていたのだが、

「失礼します」

ドアが開き、紀谷が顔を覗《のぞ》かせたのに、慌ててソファから立ち上がった。

「先生、光太君の担任の前沢先生ですよ」

紀谷が開いたドアを背で押さえる中、室内に入ってきた長身の男性を見た瞬間、俺の胸の鼓動はそれこそ、半径数十メートルにわたって響き渡るくらいに高鳴った。

「どうも」

片手を上げ、微笑んできた顔は、『著者近影』で数えられないくらいに見てきた彼――南条龍之介そのものだったからである。

「は、はじめましてっ」

緊張のあまり素《す》っ頓狂《とんきょう》な声を出してしまった俺は、しまった、と口を片手で押さえたが、南条龍之介は気にする素振りも見せずに、

「どうぞ、座ってください」

と俺にソファを勧め、自分は向かいの一人がけのソファへと腰を下ろした。

「は、はいっ」

慌てて俺も座ったが、またずぶずぶとクッションに飲み込まれそうになり、慌てて手足をば

たつかせてソファから身体を起こす。

「今、お茶を淹《い》れますから」

「悪いね」

紀谷が頭を下げて退出するのに手を上げた龍之介の顔に、俺は思わずぼーっと見惚れてしまっていた。

恋愛小説のカリスマといわれる龍之介は、本当に端整な顔をしているのだった。若い頃は『美青年』の名をほしいままにし、映画化も彼を主演で、と望む声が多かったらしい。デビュー十五年を経た今、容色はまるで衰えず、近頃では年齢相応の落ち着きとともに風格が醸し出された、まさに美丈夫というに相応しい姿に目を奪われていた俺は、やがて龍之介が小さく欠伸《あくび》を嚙み殺したのに気づいた。

「ああ、失敬」

俺へと視線を戻した龍之介が、照れたように微笑んでみせる。またも俺の胸の高鳴りは増したが、それを悟らせまいと俺はぶんぶんと首を大きく横に振った。

「いえ」

「もう二晩も寝ていないんだよ。もう締め切りがデッドらしくてね。紀谷君に栄養剤やら精力剤やらを二、三十本飲まされたな」

「そ、それは……」

大変ですね、と相槌《あいづち》を打とうとしたとき、ドアが開いて噂の紀谷が部屋に入ってきた。

「仕方がないでしょう。今日中に印刷所に回さないと、その分雑誌のページが白紙になってしまうんですから」

ねえ、と言いながら紀谷が盆に乗せた茶を俺と龍之介、それぞれの前に置き身体を起こす。

「それじゃあ先生、原稿いただいていきますので」

深く頭を下げた紀谷に、龍之介は「ご苦労さん」と手を振り、また小さく欠伸を噛み殺した。

「失礼します」

俺にも頭を下げてきた紀谷に、俺も慌てて立ち上がり頭を下げ返すと、部屋を出てゆく彼を見送った。

バタン、とドアが閉まったと同時に、俺の耳には龍之介の大欠伸の声が聞こえてきた。

「ええと、それであなた、どちらさま？」

ううん、と大きく伸びをした龍之介が、眠そうな顔で俺に問いかけてくる。家庭訪問の連絡は光太経由でいっているはずだが、と思いつつも、俺は改めて彼の前で頭を下げた。

「はじめまして。光太君の担任の前沢と申します」

「光太の先生ですか」

ゴキゴキッと首を回して鳴らし、龍之介が俺に笑いかけてくる。

「これはまた、ハンサムな先生が担任になったものだ」

「と、とんでもありません」

憧れの小説家に『ハンサム』などと言われ、世辞に違いないと思いながらも俺の頭にはかっと血が上っていった。

「前沢何さんとおっしゃるんです？」

欠伸を噛み殺しながら、龍之介が問いかけてくる。

「正規《せいき》です」

「性器？」

それまで眠そうにしていた龍之介の目が大きく見開かれた。とんでもない漢字変換をしているんじゃないかと俺は慌てて、

「正しいという字に、規則の規、と書きます」

とフォローを入れた。

「ああ、びっくりした」

龍之介が屈託のない笑いを浮かべて俺を見る。

南条龍之介と話している——話すどころか、笑いかけてまで貰ってしまった、と俺はぼうっと彼の魅力的な笑顔に見惚れていたのだが、

「先生？」

小首を傾げるようにして龍之介に問い掛けられ、はっと我に返った。

「す、すみません」

自分でも顔が真っ赤になっているのがわかる。

「どうしたんです？」

よほど挙動不審に見えたのか、龍之介が眉を顰《ひそ》めて問いかけてくる。息子の担任として不信感を抱かれでもしたら大変だ――というのは大義名分で、十五年間憧れ続けてきた小説家を目の前に舞い上がってしまっていた俺は、我慢できずに己の熱い胸の内を本人に向かって叫んでしまっていた。

「実はファンなんです！」

「え？」

龍之介が驚いたように目を見開いたのがわかったが、一旦喋《しゃべ》り出すともう、俺の言葉は止まらなかった。

「デビューの『夜の海　昼の星』のときから、ずっとファンでした！　主人公が白い波頭の向こうに恋人の幻を見出し涙するシーン、あそこでもう、何度泣いたかわかりません。それから……」

喋っているうちにますます俺の頭には血が上っていき、だんだん何を言っているのかわからなくなってきた。龍之介がぽかんとした顔で、唾《つば》を飛ばして喋りまくる俺を見つめている。呆れられたのかもしれないと思う俺の頭にはますます血が上り、更にわけがわからなくなりつつも、この熱い思いだけは伝えたいと、俺は身を乗り出し、龍之介に向かって叫んでいた。

「本当にファンなんです！　この十五年間、ずっと憧れ続けてきました！」

「…そりゃ嬉しいな」

ワンテンポ置いたあと、龍之介がにっこりと目を細めて俺に笑いかけてくる。

「……っ」

嬉しい――その言葉を聞いた途端、不覚にも涙が込み上げてきてしまった。ファンに対する社交辞令なのかもしれないが、憧れの龍之介に『嬉しい』と笑ってもらえた。今日は俺の人生の中で一番か二番目くらいに幸せな日だ――込み上げる涙を必死に呑み下し、俺は目の前の龍之介に、

「ありがとうございます」

と礼を言おうとしたのだが――。

「え？」

おもむろに立ち上がった龍之介がテーブルを回りこみ、ドサ、と隣に腰を下ろしてきたのに驚き目を見開いた俺は、続いて彼の手が俺の肩にぐいっと回されてきたのに更に驚き、あまりに近く寄せられた龍之介の端整な顔に向かい問いかけた。

「あの？」

「こんなに熱烈な告白を捨て置くほど、私は情け知らずじゃない」

ゆっくりと龍之介の顔が近づいてくる。まさかキスされるのでは――そんな馬鹿な、と自分の頭に浮かんだ考えを笑って否定しようとしたときには、その『まさか』が俺の身に起こっていた。

「んんっ……」

龍之介の唇が俺の唇を塞いでいる。人間、ショックが大きいと思考も行動もストップしてしまうようで、唇を奪われながら俺は龍之介の腕の中で固まってしまっていた。それを合意ともとったのか、龍之介は唇を合わせたまま目を細めて微笑むと、俺の身体をソファへと押し倒そうとする。

「……っ」

ボスッとクッションに沈んだ身体の上に、龍之介が伸し掛かってくる。彼の手が迷わず俺のタイにかかり、しゅるりとそれを引き抜いたのには、さすがに俺も呆然とばかりはしていられなくなった。

「ちょ、ちょっと……っ」

なんとか顔を背けて龍之介の唇から逃れたときには、俺のタイは解かれ、シャツのボタンが三つ四つ外されていた。

「ん？」

ボタンを外す手を止め、龍之介が俺に笑いかけてくる。

「な、なにしてるんです」

「何って……」

思いも寄らない展開にパニックに襲われていた俺の問いは、随分間抜けなものになってしまった。

「何って、見りゃわかるだろう」

呆れた口調で答えた龍之介の手が再び動き始め、俺のシャツのボタンを外しきると下着代わりのTシャツを捲り上げてくる。

「や、やめてくださいっ」

裸の胸を龍之介の掌《てのひら》が撫で回す。熱い掌の感触に、俺の背筋をぞわっと何かが這い上がっていった。

「またまた」

龍之介は俺の拒絶を冗談だと思ったらしい。笑い飛ばしてかわすと今度はいきなりベルトに手をかけてきた。

「じょ、冗談じゃない」

あっという間にベルトを外され、スラックスをトランクスごと引き下ろされる。

「ああ、冗談じゃないよ」

龍之介はまた笑うと、俺の両脚からそれらを勢いよく引き抜き、俺の下半身を裸に剥いた。

「よせって！　おいっ」

起き上がろうにもクッションがよすぎて、もがけばもがくほどソファに沈み込んでいってしまう。その上龍之介に両脚を抱え上げられてしまい、ますます俺は身動きが取れなくなった。

「可愛いな」

くすり、と笑って呟いた龍之介の視線を追い、彼が縮こまった俺自身を見ていることに気づいてカッとなる。

「悪かったな」

「悪くはない。小ぶりな方が私の好みだ」

言いながら龍之介は俺の片脚を離し、ジジ、と自身のスラックスのファスナーを下ろし始めた。

「……………っ」

間から取り出したモノを見て、俺は思わず「私が悪うございました」と頭を下げそうになってしまった。既に勃《た》ちきり、黒光りしているソレは確かに俺とは比べものにならないくらいに立派なモノだったからだ。

「寝るな寝るなと精力剤を数十本も一気させられたものでね」

食い入るように見つめてしまっていた俺の視線に気づいた龍之介が、少し照れたように笑って俺にそれを示してみせる。

すごい、と俺は思わずごくりと唾を呑み込んでしまったのだが、感心などしていられない事態が間もなく俺の身に起こり始めた。

「気に入ってもらえたようで何よりだ」

いや、別に気に入っちゃいないし、という反論をする前に龍之介は再び俺の両脚を抱え上げ、俺の身体を二つ折りにした。

「ひっ」

尻の割れ目を龍之介の立派なブツの先端で擦られ、思わず俺の口から悲鳴が漏れる。

「喘《あえ》ぐのは早いな」

「喘いでんじゃないっ」

歌うような口調の龍之介に、嫌がっているんだと伝えることはできなかった。龍之介が俺のそこに——今まで誰にも触れられたことがない後ろに、いきなり太いそれを捻《ね》じ込んできたからだ。

「いたーいっ」

身体を二つに引き裂かれるような激痛に、堪らず俺は悲鳴を上げた。

「キツいな」

龍之介は眉を顰《ひそ》めたが動きは止まらず、俺の両脚を抱え直すと強引に腰を進めてきた。

「痛いっ痛いっ痛いっ」

いきなり速いピッチで始まる抜き差しに、『激痛』なんて言葉じゃ追いつかないほどの痛みが俺を襲う。

「そのうち慣れる」

息を乱しながら龍之介は無責任なことを言うと、更に俺の脚を高く上げさせ激しく腰を前後していった。

「………っ」

痛みが飽和状態に達したのか、後ろはじん、と痺れたような状態で既に感覚がなくなっていた。朦朧《もうろう》としてきた意識の下、龍之介のそれが抜き差しされるたびに立てられるぬちゃぬちゃという濡れたような音がやたらと耳に響いてくる。

「……くっ」

龍之介の律動が一段と速くなったと思った途端、俺の上で彼は伸び上がるような姿勢になった。同時にずしり、と後ろが重くなり、俺は彼が達したのを察した。

「……よかったよ」

息を乱しながら龍之介が俺に覆いかぶさってくる。何が『よかった』だ、と俺は落ちてくる彼の唇を避けようとしたのだったが――。

「………」

ばたり、と龍之介は俺の上に倒れ込んだきり、動かなくなってしまった。

「ちょ、ちょっと??」

何がどうなってるんだと俺は龍之介を揺さぶり、顔を覗き込んでみて愕然としてしまった。

誰がどう見ても龍之介は——眠っていた。俺の上に倒れ込みながら熟睡していたのである。

「嘘だろ……」

規則正しい寝息を耳元で聞きながら、俺はただただ呆然とその場で固まってしまっていたのだが、そのとき部屋のドアが勢いよく開いたのに、はっと我に返った。

「ごめんなさい、部活で遅くなりました」

息せき切って部屋に飛び込んできた光太が、俺と龍之介を見て悲鳴を上げる。

「な、なにやってるんですかっ」

「いや、これはっ」

下半身は素っ裸、しかも気づけば未だに俺の脚は開いたままの上に、いきなり熟睡してしまった龍之介の雄も出っぱなしである。

「酷い……っ」

光太の目が潤んだかと思うと、くるりと踵《きびす》を返し、リビングを飛び出していってしまった。

「ちょ、ちょっと待ってくれ」

慌てて俺は龍之介の身体を押しのけあとを追おうとしたのだが、俺より数センチ身長が高くガタイもいい龍之介の身体は重い上に、もがけばもがくほどソファに沈み込んでしまい、ちっ

とも思うように身体が動いてくれない。

と、そのとき、再びドアが開いたものだから、俺はぎょっとし、またもその場に固まってしまった。

「お食事のご用意ができました」

入ってきた年配の女性——多分、家政婦さんなんだろう——が、恭《うやうや》しく頭を下げたあと、ソファの俺たちを見て、悲鳴を上げる。

「きゃーっ」

「違う、違うんですっ」

思わず俺が手を伸ばしたのに、家政婦はますます高く悲鳴を上げながら、部屋を飛び出していってしまった。

「……ん……」

八十ホンを超えるであろう彼女の悲鳴は深い眠りの世界にいる龍之介の耳にも届いたようで、不快そうに眉を顰めた彼が、寝返りを打つように身体を動かす。全体重で押さえ込まれていた状態からようやく脱することができた俺は、手足をばたつかせてなんとか彼の身体の下から逃れると、脱がされた下着やスラックスを身につけ、南条家を飛び出した。

あんな姿を見られた家政婦や光太と再び顔を合わせる勇気が持てなかったからだ。

「……痛い……」

歩くたびに後ろに疼痛が走り、オカマのような内股歩きになってしまう。まったく何がなんだかわからない。憧れていた小説家に会えたと思った次の瞬間には、その小説家に犯され、挙げ句の果てにはその様子を教え子と家政婦に見られてしまった——怒濤《どとう》のような出来事は怒濤すぎて、身をもって体験しているにもかかわらず、とても現実のものとは考えられなかった。

「……」

歩くたびにズキズキと痛む身体は、決して俺が夢を見たわけではないと教えてくれていたが、夢であってくれればどれだけ嬉しいかと俺は大きく溜め息をついた。

『酷い……っ』

目に涙をいっぱいに溜めていた光太の顔が俺の脳裏に蘇《よみがえ》る。

明日学校で、彼とどんな顔をして向かい合えばいいんだと俺は頭を抱えてしまった。

せっかく手にした生活の安定を手放すことになったらどうしよう——憧れていた南条龍之介に犯されたことも充分ショックではあったが、今後の生活への不安もまた俺の胸を苛《さいな》み、俺は一人悶々《もんもん》と眠れぬ夜を過ごしたのだった。

2

翌日、朝のホームルームのとき、教室内に光太の姿を認め、俺は彼にどう説明しようかと改めて頭を悩ませていた。

何も言わずに済ますことはとても出来そうになかった。恨みがましく俺を睨んでくる光太の視線が、出席をとる俺の胸に突き刺さる。龍之介が光太にどんな言い訳をしたのかも気になるし、と俺はホームルームを終えると光太の席へと向かい、尚も恨みがましく俺を見上げる彼に、昼休みに生徒相談室に来るようにと告げた。

「わかりました」

光太は何か言いたそうな顔をしたが、周囲の生徒が興味深そうに自分たちの様子を見守っていることに気づいたのか、それ以上は何も言わずに頷いた。

午前中の授業には殆ど身が入らぬままに迎えた昼休み、生徒相談室で光太を待ちながら、俺は彼に何を言おうかと考え続けたが、いい案は一つも浮かばなかった。

「失礼します」

ノックとともにドアが開き、光太が部屋に入ってくる。

「す、座ってくれ」

目を伏せた光太の顔からは、いつもの溌剌とした輝きが消えていた。いきなり父親と担任の濡れ場を目撃してしまったのだから、それも無理のない話だとは思う。俺も充分被害者なのだが、幼い彼を傷つけてしまったと思うと酷く申し訳ないような気持ちになり、なんとか上手い言い訳はないものかと俺は必死で考え始めた。

「はい…」

俯いたまま光太が俺の向かいの席に座る。生徒相談室は、三畳ほどの狭い部屋に、パイプ椅子が二つ向かい合わせに置いてあるだけのスペースだった。膝を詰めて話し合おうということで、机は置いていない。狭い室内、それこそ膝を突き合わせて光太と腰掛けることになった俺は、まず彼に昨日のことを詫びようと口を開いた。

「昨日はすまなかった。あんな……」

ところを見られて、と言いかけた俺だが、それじゃまるで龍之介と合意の上で抱き合っていたようだ、と思い直し口を閉ざした。光太が顔を上げ、じっと俺を見つめてくる。

「……ショックでした」

ぽつり、と告げられた言葉の重さが、ずしり、と俺の胸に伝わってくる。

「ショ、ショックだったと思う。でもあれは俺も何がなんだか……」

目の前の光太の目が潤《うる》んでくる。泣かれるのではないかと慌てた俺は、自分でもわけがわからなくなりつつ言い訳を始めたのだったが——。

「え？」

いきなり立ち上がった光太に肩を掴まれ、驚いて顔を上げたときには床に押し倒されてしまっていた。

「なに？？」

腹の上に馬乗りになった光太が、俺の両手を捉えて床に押し付けてくる。

「僕も先生のこと、ずっと狙ってたのにぃ！」

「なに？？？」

言いながら光太が俺に覆いかぶさり、唇を唇に寄せてくる。よせ、と暴れようにも一体華奢《きゃしゃ》な身体のどこにこんな力が潜んでいるのかと驚くほどに、光太の手は緩まなかった。

「先生……好き……」

光太がそう囁く息が唇にかかった、と思った次の瞬間には俺は光太に唇を塞がれていた。

「……っ」

驚いて開いてしまった唇の間から、光太の舌が差し入れられる。あっという間に俺の舌を捉え、強く吸い上げてくるキスの巧みさに、高校生のくせになんだと呆れる余裕はなかった。

唇を塞ぎながら光太は俺の両手を片手で捉え直すと、あいた手で俺のタイを解き始めたのだ。

「よせ……っ」

なんとか唇を外して叫んだときにはタイどころか、シャツのボタンは全部外されてしまっていた。

「パパとはやってたじゃないか」

光太が恨みがましい目で俺を睨んだあと、俺の腹から腿《もも》の上へと移動し、ベルトのバックルに手をかける。

「やってたってあれは、無理やり…っ」

紅潮した頬に、きらきらと煌《きら》めく瞳に、赤く色づく唇に、普段の俺であれば、なんて綺麗な、と見惚れたかもしれないが、今はそれどころではなかった。迷いもせずに光太は俺のベルトを外すとファスナーを下ろし、俺を引っ張り出そうと手を突っ込んできたからだ。

「よせって!」

「いやだ。やめないっ」

口を尖《とが》らせた光太が、引っ張り出したそれをぎゅっと握ってくる。

「ほんとだ。小ぶりで可愛い」

にっこりと微笑み、俺を見下ろした彼の言葉に、カッと頭に血が上った。

「悪かったなっ」

「悪くないよ。ほんと、可愛い」

光太がゆっくりと覆いかぶさってきたと思うと、握っていた俺の先端に唇を寄せる。

「よせって」

「ふふ」

ちゅ、と音を立ててキスをされたとき、彼の手の中で俺が、びくん、と大きく震えたのがわかり、俺を狼狽《ろうばい》させた。

「ふふふ」

光太がくすぐったそうな顔をして笑うと、再び身体を起こし、おもむろに服を脱ぎ始める。

「おいっ！　よせって！」

なんとか両手をついて身体を起こし、光太を押しのけようと彼の肩を摑んだそのとき、バタン、と部屋のドアが開いたと同時に、隣のクラスの担任の女性教師が顔を覗かせたものだから、俺は驚き、その場で固まってしまった。

「きゃーっ」

どうやら彼女は、空室だと思ったらしかった。後ろでは彼女に連れられてきた生徒が、やはり目を丸くして室内にいる俺と光太を見つめている。

「どうしました、先生」

「何があったの？」

悲鳴を聞いて、わいわいと人が集まってくる。

「な、なにしてるんだっ」

「前沢先生??」

集まってきた教師が慌てて室内に飛び込んできたのと、俺の上から光太が飛びのいたのが同時だった。

「ごめんなさいっ……全部、全部僕が悪いんですっ」

わっと泣き出しながら、光太が乱れたシャツの前をかき合わせ——といってもシャツを脱ごうとしたのは彼自身なのだが——部屋を飛び出してゆく。唖然としてその様子を見送っていた俺は、教師の一人が急いで部屋のドアを閉めたあと、ずらり、と同僚たちに囲まれてしまった。

「前沢先生、一体どういうことなんです?」

「その破廉恥《はれんち》な姿、何をしようとしてたんです?」

「ええ??」

破廉恥な姿——自分の身体を見下ろした俺は、確かに破廉恥としかいいようのない己の格好にぎょっとし、慌てて出しっぱなしにされていた自身をスラックスの中へとしまいこんだ。

「問題ですな。生徒を呼びつけ、そのような行為を強要しようとするとは」

「ち、違いますっ、これは南条が……」

「まあひどい。生徒に責任を押し付けるつもりですの?」

「あんなに泣きじゃくっていた子に、なんてこと」

集中砲火を浴び、言い訳をする隙すら与えられないでいた俺はそのまま職員室へと連行され、教頭の前に引き摺《ず》りだされた。

「前沢君、一体どういうことかね?」

厳しい声で教頭に問い詰められ、俺は必死で、

「違うんです!」

と言い訳しようとしたのだが、『どういうことだ』と問いかけておきながら教頭も俺の話を聞こうとはしなかった。

「南条君は家に帰らせた。これからすぐにご家族に謝罪に行く。支度をしたまえ」

「だから違うんです」

必死で言い訳をしようとした俺に、教頭はぴしゃりと言い捨てた。

「早く支度をしたまえ! こんなことで生徒の家に謝罪に行くなど、学園始まって以来の不祥事だっ」

「……はい……」

教頭の剣幕に押され、俺はすごすごと引き下がると乱れた服装を整え、スーツの上着を着込んだ。女性教師が買いに行った手土産を俺に手渡してくれたが、彼女の目にはあきらかに俺に対する非難の色が浮かんでいた。

違うのだ、と取りすがりたくなる衝動を抑え込んだところに、

「行くぞ」

と教頭に声をかけられ、俺は教師たちの非難の目を、生徒たちの好奇の目を痛いほどに感じながら、教頭のあとについて南条家へと向かったのだった。


タクシーの中、教頭は俺にひとことも話しかけなかった。昨日訪れたばかりの南条家の前で車を降りたあと、

「平身低頭、詫びるんだぞ」

厳しい声で一言俺にそう言い、インターホンを押した。

『はい』

応対に出たのは、龍之介のようだった。

「先ほどお電話申し上げました室井《むろい》です」

教頭がこれ以上はないというほど、丁寧な声を出す。

『ああ、光太の学校の。どうぞ』

声の調子だと、龍之介の機嫌はそう悪くはなさそうだった。教頭もそれに気づいたのか、ややほっとした顔になると、

「いくぞ」

　昨日同様、自動で開いた門を前に俺を一瞥《いちべつ》し、足を進めた。

　玄関先で出迎えてくれたのは、予想通り龍之介だった。昨日の眠そうな様子とは一変して爽《さわ》やかな微笑を浮かべ、「どうぞ」と俺たちをリビングへと通してくれた。

「お邪魔します」

「実は家政婦が辞めてしまったもので、お茶も出せずに申し訳ありません」

　昨日龍之介が俺を犯したソファに座れと勧められ、躊躇《ちゅうちょ》した俺の手を教頭が無理やり引いて座らせる。

「家政婦さんが。それは大変ですね」

　相槌を打つ教頭の横で、原因はやはり『アレ』だろうかと思いを巡らせていた俺は、龍之介がパチリ、とウインクしてきたのにぎょっとし、思わず傍《かたわ》らの教頭を見た。が、教頭は謝ることに必死で気づいていないようだった。

「お茶を出していただくなど、とんでもない。このたびは本当に申し訳ないことをいたしまして」

　まさに平身低頭、テーブルに額をこすりつけるようにして教頭が頭を下げる横で、俺も慌てて彼に倣《なら》って頭を下げる。

「先ほどのお電話の件ですね。光太がそちらの前沢先生と……」

　龍之介の言葉にかぶせ、教頭が大きな声を出した。

「本当に申し訳ありませんっ！　全てわたくしの監督不行き届きが原因です。このようなことが起ころうとは予測もしていなかったため、なんとお詫びを申し上げていいものかと……」

「…………」

教頭がくどくどと詫びる言葉を横で聞きながら、俺はこれでこの職場もクビだろうと心の中で溜め息をついていた。

まさに禍福はあざなえる縄の如しだ。ようやく浮き草暮らしから腰を落ち着ける場を見つけたと思ったのに、生徒に乱暴を働こうとしたと思われ、それを失うことになろうとは——そんな噂でも立てば、再就職など難しいどころか不可能になってしまうだろう。まったくなんだってこんな不運を一気に背負わなければならないのだと、我が身を襲った不幸を心の中で嘆いていた俺の耳に、あまりに能天気な龍之介の声が響いてきた。

「どうぞ頭を上げてください。わたくしどもはまったく気にしていませんので」

「は？」

教頭が驚いて頭を上げ、続いて俺も身体を起こす。

「ま、まったく気にしていないというのは……」

どういうことでしょう、と尋ねる教頭に、龍之介は涼しい顔でこう答えた。

「光太も美少年ですからね。前沢先生がくらり、とくるのもわからない話じゃない」

「いや、それは……」

違う、向こうから押し倒してきたのだ、と言い訳をしようとした俺は、教頭に思いっきり足を踏まれ、あまりの痛みに口を閉ざした。

「しかしそれにしましても……」

教頭が更に詫びようとするのを龍之介は首を横に振って制すると、

「先ほど本人にも話を聞きました。大勢の生徒や先生に見られてしまったことは恥ずかしかったが、前沢先生については、あんなことで学園をクビになってしまったらどうしよう、と心配していましたよ」

「そ、それは……」

教頭が言葉に詰まったところを見ると、やはり俺のクビを考えていたらしい。龍之介にもそれがわかったようで、

「くれぐれも先生が学校をお辞めにならないですむように、私からもお願いします」

逆に教頭に向かって頭を下げたものだから、教頭は慌てて「承知しました」と彼の前で更に深く頭を下げた。

どうなっているんだ――？　彼らのやりとりを呆然と聞いていた俺にまた、龍之介がパチリ、とウインクしてみせる。

「……っ」

任せておけ、とでもいいたげなその様子に、俺はカチンときてしまったが、教頭にぐっと腕

を掴まれ、はっと我に返った。

「なんという慈悲深いお言葉でしょう！　ほら、前沢君もお礼を言いなさい！」

本気か演技か、教頭は涙ぐんでいる。慈悲深いも何も、原因は光太なのだから、などとはとても言えない雰囲気に、仕方なく俺は教頭の横で龍之介に向かい深く頭を下げた。

「さすがは南条龍之介先生、クビを要請されてしかるべきところを、罪を犯した教師にそのような広いお心で接してくださるとは。我々、感謝の念に堪えません」

「いやいや」

大仰《おおぎょう》な教頭の賛辞に龍之介が照れたように相槌を打っている。何が広いお心だと心の中で悪態をつきながらも、どうやらクビは免《まぬが》れたらしいとほっとしていた俺は、続く龍之介の言葉にぎょっとして顔を上げた。

「よかったらこれから、前沢先生と二人、今後のことをじっくりと話し合いたいのですが」

「え」

『じっくりと』という言葉がやけに強調されていた龍之介の口調に、俺の背筋に冷たいものが走る。

「そりゃあもう、こちらからお願いしようと思っていたくらいでございます」

教頭がぴょん、と飛び上がるようにして身体を起こすと、そそくさと立ち上がりドアへと向かっていった。

「あの」

あとを追おうとした俺を教頭はじろり、と睨みつける。

「前沢君、あとは頼んだよ」

「えええっ」

そんな、と呆然としていた俺の前から教頭は、「それじゃあ失礼します」と頭を下げて消えてゆき、室内には俺と龍之介、二人が残されることになった。

「さてと」

龍之介の声にはっと我に返ったときには、龍之介は既に俺の隣へと身体を移動させていた。

「ちょ、ちょっと……」

慌てる俺の肩をぐい、と抱き寄せ、顔を覗き込んでくる。

「昨日は悪かったね」

「え……」

真摯《しんし》な瞳がじっと俺を見つめていた。黒い瞳が酷く潤み、部屋の灯りを受けて煌めいている様は言葉にならないほど美しく、思わず目が引き寄せられたが、続く彼の言葉に俺の意識は気に現実へと引き戻されることになった。

「自分ばっかりいい思いをして、君に辛い思いをさせた。私ともあろう者が眠気と性欲には勝てなくてね。許してもらいたい」

「……あのー」

詫びどころはそこかい、と思わずツッコミを入れそうになった俺の手を、龍之介がぎゅっと握ってくる。

「昨日充分睡眠をとったからね。今日はもう大丈夫。お詫びに君に天国を見せてあげよう」

「いりませんって！」

慌てて手を振り解こうとした俺を龍之介はソファに押し倒してきた。

「遠慮はいらないよ」

「遠慮じゃないっ」

だいたいここへ来た目的は、謝罪――といっても、俺には一ミクロンも悪いところはないのだが――じゃないかと俺は必死で龍之介の胸を押し上げようとしたが、彼の身体はびくとも動かなかった。

「恥ずかしがらなくてもいいから」

ね、と笑った彼の手が俺の下肢へと伸びてくる。

「恥ずかしがってませんっ」

「可愛いね」

叫んだと同時にぎゅっと服越しにそこを握られ、うっと息を呑んでしまった。

「だからっ」

なぜに人のコンプレックスを刺激することばかりを口にするのだ、と龍之介を睨みつける俺のそこを、龍之介は掌で揉みしだき始める。

「やめてくださいっ」

「ふふ、硬くなってきた」

言われるまでもなく、自身が勃ってくるのがわかり、堪らず俺が、

「やめてくださいっ！」

と叫んだそのとき——。

「パパ、先生来てるの？」

バタン、とノックもなしにドアが開いたと同時に、なんと光太が部屋に飛び込んできた。俺たちの姿を前に驚いて立ち尽くしている。

まるで昨日のデジャビュ——。

『酷い……っ』

目に涙を溜め、駆け出してゆく光太の姿が俺の脳裏に蘇る。

「違う、違うんだっ！」

慌てて手足をばたつかせ、龍之介から逃れようとした俺の目の前で、光太の顔に血が上っていった。

「酷い……」

ああ、やっぱり昨日のデジャビュだ——きゅっと唇を噛んだ光太が潤んだ瞳を俺へと向けてくる。

「だから……っ」

違うんだ、と俺は光太に叫ぼうとしたのだが、その光太の口から発せられた言葉は、俺の思いも寄らないものだった。

「パパ、ずるいよ！　自分ばっかり」

「……え？」

デジャビュ——ではなかった。なんと光太は口を尖らせると真っ直ぐに、俺が龍之介に押し倒されているソファへと歩み寄ってきたのである。

「ああ、ちょうどよかった。ちょっと手を押さえておいてくれないか」

龍之介がさも当然のように光太に微笑みかけるのにぎょっとした俺だが、

「わかった」

いきなり俺の頭より上のクッションに腰を下ろした光太が、手を伸ばして俺の腕を摑んだのにには、ぎょっとしたどころではすまなくなった。

「ちょ、ちょっと」

「お前の先生は恥ずかしがりやさんなんだな」

「うん、そこが可愛いんだけど」

親しげな親子の会話が頭の上で為《な》されていたが、彼らのしていることはとても普通の親子が為すべきものではなかった。

「やめろって！　おいっ」

光太が俺の腕を押さえつけている間に、龍之介が俺のタイを解き、シャツのボタンを外してゆく。シャツを剝ぎ取られ、下着代わりのTシャツを脱がされたあとまた光太に腕を摑まれ、ソファに押し付けられたが、細い彼の腕のどこにそんな力があるのか、どんなに俺が暴れても少しも彼の腕は緩まなかった。

「離せって！」

「光太は子供の頃から痴漢撃退のために少林寺拳法をやっててね、腕力じゃ大抵の人間は敵わないと思うよ」

必死で光太の腕を振り解こうとする俺に、龍之介が笑いかけてくる。

「なんといっても幼い頃から、本当にこの子は可愛らしい顔をしてたから。変質者に狙われるんじゃないかと私も心配でね」

「やだな、パパ。親ばかだよ」

光太が恥ずかしそうに頰を染めて俯いている。が、俺のスラックスを下着ごと足から引き抜き、靴下まで脱がせて全裸にしているこの親子の方がよっぽど『変質者』じゃないかと、俺は必死で暴れまくろうとしたが、両手を光太に取られ、腿の辺りにどっかと龍之介に座られてしまっては身動きをとることもできなかった。

「どうする?」

龍之介が光太に笑いかける。

「ほんと、ずるいよ、パパ。昨日ヤっちゃったんでしょう?」

光太が可愛らしい口を尖らせ、龍之介を睨む。

「ああ」

「初めてだったでしょ?」

「そうだな。多分」

「ずるいなあ。先生のバックバージン、僕もずっと狙ってたのに」

言いながら光太がちら、と俺を恨みがましい目で見下ろしてくる。

「あのなあっ」

ようやく彼らが何を言っているのか察した俺の頭に、カッと血が上っていった。

「ショックのあまり昨夜は寝られなかったよ」

「なら今日はお前に譲ってやるよ」

「ありがとう、パパ」

にっこりと俺の上で目を見交わし笑い合う親子が何を譲り合っているのか、おぼろげながら察した俺は、

「よせっ」

渾身の力を振り絞り、彼らの手を逃れようとしたが、俺の抵抗など二人にとっては歯牙にもかからないものだったようだ。

「その前に、昨日はかなり強引なことをしてしまったからな。今日は先生にまず楽しんでもらおうと思うんだが」

「そうだよね。なんていうんだっけ？　ＰＦＩ？　最初の体験が悪いとストレス障害になっちゃうかもしれないもんね」

それを言うならＰＴＳＤだ、などというツッコミを入れている暇はなかった。

「お前もそう思うだろう？」

龍之介がじりじりと俺の上から身体を退かせると、俺の両脚を掴んで大きく開かせたのだ。

「おいっ」

脚の間に座り込んだ龍之介が俺の下肢に顔を埋めてくる。萎《な》えた俺を握り、口に含まれたのにぎょっとした俺の頭の上で、光太の笑いを含んだ声がした。

「それなら僕は」

え、と思う間もなく、両手を押さえ込んだまま光太が上から覆いかぶさり、俺の胸に顔を埋めてくる。

「……っ……」

ぞわりとした感覚が下肢から這い上ってくるのと同時に、ぺろり、と長く出した舌で光太に胸の突起を舐め上げられ、俺の身体はびくっと大きく震えた。

「先生、もしかして感じやすいのかな」

ふふふ、と笑った光太が胸の突起を吸い上げてくる。

「……よせ……っ……」

身体を捩じろうとしたとき、龍之介の手が俺を勢いよく扱《しご》き上げてきたのに、俺の口からは思わぬ声が漏れてしまった。

「あっ……」

どう聞いても喘いでいるとしか思えない声に、龍之介と光太の動きがぴた、と止まった。二人がそれぞれに顔を上げ、目を見交わした、と思った次の瞬間にはまた彼らは顔を伏せ、それぞれに俺の雄を、胸を攻め始めていた。

「あっ……はぁっ……あっ…あっ…」

強烈な刺激だった。いつの間にか俺の手を離していた光太の手が胸の突起を摘み上げた。もう片方を彼の舌が舐り回し、時に軽く歯が立てられる。胸を弄られることなど滅多になかったが、痛いくらいの刺激に俺の背筋を電撃が走った。

下半身はがっちりと龍之介に捉われ、既に勃ちきっていた俺の先端に彼の舌が絡みつく。睾丸を揉みしだかれ、鈴口を硬くした舌先で割られて、俺は今にも達しそうになっていた。

「あぁっ……あっ…あっあっ」

　気づけば高く声を上げ始めていた俺の両脚を、龍之介が俺を口に含んだまま、ゆっくりと上へと持ち上げる。身体を二つに折られた体勢の苦しさに顔を顰《しか》めた俺は、龍之介の唇が俺からはずれ、後ろへと這ってゆくのにぎょっとし、身体を強張らせた。

「……」

　気づいた光太が顔を上げ、父親の様子を見て、なんだ、というように笑うと、俺の頭の両脇に膝を立て、再び俺に覆いかぶさってくる。

「…わっ…」

　ぐい、と彼の下肢が俺の顔に押し当てられたが、服越しにも光太の雄が熱く硬くなっているのがよくわかり、俺はまたもびくっと身体を震わせてしまった。

「大丈夫？」

　ごめんね、と光太が笑って少し腰を浮かせると、勃っていた俺に手を添え、口に含もうとする。

「……やめ……っ」

　なんなんだ、と悲鳴を上げようとしたとき、龍之介が後ろを押し広げ、舌を這わせてきた。

「……っ」

　ぴり、と傷口に彼の唾液が染み、苦痛に歪んだ顔にまた、光太の雄が押し当てられる。苦しい、と顔を背けようとした俺の雄に光太の熱い舌が絡みつき、指先が竿を扱き上げてきたその刺激に、俺の身体はまた快楽に震え始めた。

「……あっ……」

龍之介の舌が後ろを舐り、硬くした舌先が奥へと挿入される。ぞわ、とした感覚が下肢から這い上ってきて、光太から与えられる前への刺激と相俟《あいま》って、今まで得たこともないような感覚に俺を追い落としていった。

龍之介が顔を上げ、さんざん唾液を注ぎ込んだそこに、ずぶり、と指を挿入してくる。

「……あっ……」

昨日の痛みを思い出し身体が強張りかけたが、前に絡みつく光太の舌の動きに、ふっと力が抜けていった。

「……いいね」

龍之介が笑ったのに、光太が目を上げ、笑い返しているのが俺の視界に入る。素っ裸の俺に、少しの服装の乱れもない二人が伸し掛かっている様はあまりに異様で、一瞬俺は我に返りかけたのだが、すぐにそんなまっとうな意識は彼方へと飛んでいくことになった。

龍之介の指が俺の中を確かめるように蠢《うごめ》き、光太が前を攻め続ける。やがて龍之介の指が、コリッとした何かに触れたとき、俺の身体は自分でも驚くくらいに、びくっと大きく仰け反った。

「あっ……」

「ここか」

龍之介がやたらと嬉しそうな顔をしたかと思うと、ぐいぐいと指でそこを押してくる。

「あ、やばい」

光太が俺を口から放し、そう呟いたかと思うと、ぎゅっと俺の根元を握ってきた。

「先生、いっちゃうかも」

「いかせてやれば?」

言いながら龍之介が二本目の指を挿入する。俺のそこはその指をやすやすと受け入れただけでなく、二本の指が乱暴なくらいの強さで中をかきまわしてくるその刺激に、ひくひくと蠢き俺を狼狽させていった。

「いい感じになってきた」

にんまり、と龍之介が笑うのに、

「それはよかった」

光太もにっこり笑い、俺の先端に音を立ててキスをする。

「三本、入るかな」

言いながら龍之介が三本目の指を挿入させたが、苦痛を覚えることはなかった。苦痛どころか三本の指が中で蠢く刺激に、俺はたまらず腰を揺すり、高く声を上げ始めていた。

「あっ……はあっ……あっ…あっ…」

「そろそろ大丈夫かなあ」

光太が身体を起こし、ソファから下りる。見るとはなしにその姿を目で追っていた俺は、彼がぱっぱと服を脱ぎ捨て始めたのに、喘ぎながらも思わず目を奪われていた。

均整の取れた綺麗な身体だった。服の上からでは華奢に見える彼の身体が、実は程よく筋肉がつき、引き締まったいい体つきをしていることを、今、初めて俺は知った。

「……っ」

下着まで脱ぎ捨てた光太がくるり、と俺を振り返ったのに、俺の目は彼の下半身に釘付けになった。人のことを『可愛い』だの『小ぶり』だの言うのも頷けるほど、彼のそれは立派な様相を呈していたのである。

昨日見た彼の父と同じくらい——いや、下手するとそれ以上の大きさのそれは黒光りして、先端からは既に先走りの液を零《こぼ》していた。

なんだって高校生のナニが黒光りするほど使い込まれていなければならないんだと、教師たる俺は思わず意見をしそうになってしまったのだが、今がそんな場合ではないことをすぐに知らされることになった。

「……あっ…」

龍之介が三本の指をそこから抜いたのに、俺の口からは思わぬ高い声が漏れる。

「交代」

にっと笑った龍之介が退き、代わりに光太が俺の脚の間に膝を立てて座り込んだ。両手で俺の両脚を持ち上げ、俺の身体を二つ折りにする。

「先生……」

潤んだ瞳が俺をじっと見つめている。愛らしい顔ではあるが、彼の持ち物は『愛らしい』とはとてもいえないほどにグロテスクで、俺は思わずごく、と唾を飲み込んでしまった。

「力、抜いておいてね」

にこ、と光太は微笑むと、俺の脚を更に上げさせ、露《あらわ》にしたそこへと、ずぶり、と先端を押し入れてくる。

「痛っ」

指とは比べ物にならない質感に、俺の身体は一気に強張ってしまった。

「力、抜いて、先生」

困ったな、というように光太が眉を顰め、猫撫で声を出してくるが、力など抜けるわけがなかった。後ろへの違和感は、昨日、龍之介に貫かれたときの苦痛を呼び起こし、ますます身体が強張ってゆく。

「大丈夫だから、ね、先生」

何が大丈夫だ、と悪態をつく心の余裕はまるでなかった。恐怖と嫌悪を奥歯をぐっと噛み締め耐えていた俺を見下ろし、光太が大きく溜め息をつく。

「どうしよう、パパ」

俺の両脚を抱え上げたまま、光太がソファを下りた龍之介を見やった。

「まかせなさい」

龍之介がにっと笑い、ソファの前に腰を下ろす。

「…ひっ」

何をどう任せろと言うのだと思う間もなく、龍之介の片手が俺の萎えてしまった雄へと伸びてきた。そっと握り込み、先端を親指と人差し指の腹で擦り始める。

「……っ……」

じわりとした快感が下肢から這い上ってきた、と同時に、龍之介のもう片方の手が俺の胸を這い始めた。光太に弄り回され、赤くなってしまった胸の突起をきゅっと摘み上げられる。

「…あっ……」

龍之介の手の中で俺の雄がびく、と大きく震え、ふうっと身体から力が抜けていった。

「あ」

察した光太がぐっと腰を進めてくる。ずぶ、と彼の太い雄に中を抉られ、またも俺の身体はびくっと震えたあと強張ってしまったのだが、龍之介に前を勢いよく扱き上げられ、また力が抜けた。

「あっ……はぁっ……あっ…」

ずぶずぶと面白いように光太の雄は俺の中に呑み込まれてゆく。ぴたり、と下肢と下肢が重なったとき、はあ、と光太は深く息を吐き出し、龍之介の手淫に身悶える俺を見下ろし、にこ、と微笑んできた。

「先生と一つになれた」

きらきらと煌めく瞳が、本当に嬉しそうな微笑に細められる。その顔を見た俺の胸は、こんな極限状況にいるというのに、なぜか酷く高鳴り、俺を慌てさせた。

「ゆっくり動けよ」

だがそんな胸の高鳴りも、俺の雄を扱きながら告げられた龍之介の言葉にすっと冷めていった。

「うん」

素直に頷いた光太が、ゆっくりと腰を前後し始める。

「……痛……っ」

内壁を擦り上げ、擦り下ろされる摩擦に、苦痛の声を上げた俺に、

「大丈夫？」

光太は心配そうな声で問いかけてきたが、腰の動きが止まることはなかった。

「大丈夫だ」

俺の代わりに龍之介が勝手に答え、

「ゆっくり、ゆっくりな」

と指示を出す。

「なんかもう、いきそう」

我慢できないよ、と言いながらも光太がゆっくりと抜き差しするのに合わせ、龍之介が俺の前を扱き上げながら、胸に顔を埋めてくる。

「……あっ……」

胸の突起に軽く歯を立てられたのに、思わず声を漏らしてしまったとき、痛いばかりだった後ろにぞわり、と何か痛みとは違う感覚が芽生えた。

「あ」

ひくり、と自分の後ろが、蠢いたのがわかったが、光太もそれを感じたらしい。小さく声を上げたあと、腰の律動のスピードを少しずつ上げ始めた。

「…あっ……はぁっ……あっ……」

ぐい、ぐい、と奥を抉られる感覚に、次第に息が上がってくる。龍之介の手の中で俺自身が硬さを取り戻し、先走りの液を零し始めた。

「あっ……はぁっ…あっ…あっ…」

くちゅくちゅと濡れたような音が、龍之介が俺を扱き上げるたびに下肢から響いてくる。胸

の突起を舐られる刺激に、先端に爪を立てられる痛みすれすれの快感に、リズミカルに後ろに突き立てられる光太の太い雄の感覚に、いつしか俺は髪を振り乱し、高い声を上げていた。

「あぁっ…あっ…あっあっ」

今まで得たことのない快感だった。身体中どこもかしこも熱い。こんなにも早く脈打ったことはないのではないかと思われるほどの自分の鼓動が、耳鳴りのように頭の中で響いていた。

「あぁっ…あっあっあっあぁっ」

次第に光太の腰の動きが速まってくる。彼が奥を突き上げてくるたびに後ろを襲う感覚は、決して苦痛などではなかった。自分の後ろが、まるで光太の質感を悦ぶようにひくついているのがわかる。舐られる胸の突起は、じんじんと熱く疼き、更なる刺激を求めていた。

「あぁっ……」

龍之介が勢いよく俺を扱き上げながら、こり、と胸の突起を強く噛む。同時に光太がぐい、と俺の奥を抉ったのに、ついに耐えられず俺は達し、龍之介の手の中に白濁した液を飛ばしていた。

「あっ…」

頭の上で光太の声が響き、ずし、と後ろに精液の重みを感じる。

「先生……最高……」

光太が感極まった声を出し、俺に笑いかけてきたとき、

「ほら」

俺の胸から顔を上げた龍之介が、俺の背に腕を差し入れ、上体を起こそうとした。

「…あっ……」

達して尚、硬度を保っていた光太の雄に更に奥を抉られることになり、堪らず声を上げた俺の唇を光太の唇が塞いでくる。

「……………っ……」

苦しい——きつく舌を絡められ、顔を背けた俺の後ろに、龍之介が腰を下ろしたのがわかった。

「そろそろ交代といくか?」

俺の肩越しに龍之介が、俺を抱き締める光太に声をかけてくる。

「……仕方ない」

光太が肩を竦め、俺の身体を離したのを、ぜいぜいと息を乱しながら俺は見守っていたのだが、

「ええ……?」

光太がソファを下りたと同時に、龍之介の膝に抱え上げられ、これから何が起こるのかと思わず大きな声を上げた。

「大股開き、っていうのもそそるね」

俺の耳朶を噛むようにして囁いてきた龍之介が、膝に乗せた俺の両腿を掴み、大きく脚を開かせる。

「ちょ、ちょっと……」

「いい。すごいエッチで」

全裸の光太が俺の前に座り込み、露にされた俺の後ろをじっと見つめてくる。

「よ、よせ……っ」

やめろ、と身体を捩じろうとしたとき、光太が俺のそこへと顔を埋め、ぺろり、と長く出した舌で舐め上げてきた。

「……あっ…」

ざらりとした舌の感覚にひくひくとそこが蠢き、たらり、と何かが尻を伝って流れ落ちるのがわかる。

「僕のだ」

光太が嬉しそうな顔で笑うと、また長く舌を出し、ぺろり、とそこから流れ落ちた液体を——彼の放った精液を舐め上げた。

「あっ……」

やめろ、と叫びたいのに俺の口から漏れたのは、下肢から這い上るぞわぞわとした快感をあらわす、掠れた喘ぎ声だった。身体の奥にまた、熱が籠《こも》ってくるのがわかる。

「光太、ちょっと持っててくれ」

「うん」

龍之介が光太に俺の脚を預ける。頷いた光太が俺の両脚を更に高く持ち上げている間に、龍之介はスラックスのファスナーを下ろし、勃ちきった彼を取り出していた。

「ゆっくり下ろして」

「わかった」

龍之介の声が上擦っている。答える光太の声はどこまでも明るく、そのコントラストが面白い、などと呑気なことを考えていたのは、俺の思考がとうの昔に止まってしまっていたからに違いない。

「……あっ……」

龍之介の勃ちきった雄が俺の後ろにあてがわれたあと、光太がゆっくりと俺の身体を彼の上へと下ろしてゆく。ずぶずぶと面白いように龍之介の雄が中に呑み込まれていき、やがて彼の上に完全に腰を下ろしたとき、座っているせいか先ほどよりよっぽど奥まで猛る雄に貫かれた俺は、たまらず小さく声を漏らしていた。

「……んんっ……」

ぐい、と龍之介が突き上げると更に奥を抉られ、俺の身体は彼の膝の上で新たに生まれた快感に大きく仰け反った。

「あ、よさそう」

くす、と笑った光太がまた、俺の足元に座り込み、俺の雄を摑んでくる。

「口でしてもいい？」

「ああ、勿論」

光太に問われたのは俺ではなく、龍之介だった。ぐい、ぐい、とゆっくりと腰を突き上げてくる彼の動きにあわせ、光太が既に勃ちかけていた俺の雄を咥える。

「…あっ……」

ゆるゆると扱き上げながら、先端を舌で舐る光太の口淫に、俺の雄はみるみるうちに硬さを取り戻していった。龍之介が後ろから伸ばしてきた手で胸の突起を擦り上げ、ときにきゅっと摘み上げながら、ずん、ずんと腰を上下し俺の奥底を抉ってくる。

「あっ……はぁっ…あっあっあっ」

あっという間にまたも快楽の絶頂へと上り詰めていった俺の口から、高い喘ぎが漏れ始めた。前後を、胸を絶え間なく攻め立てる二人の動きに、我慢などできようはずがない。

「あっ…あぁっあっあっあっ」

龍之介の腰の律動が速まると、光太は舌の動きを止め、唇を窄《すぼ》めて俺を咥えた。上下する動きにあわせ、竿を扱かれるような感覚に俺の声は益々高くなり、頭の中が真っ白になってゆく。

「あっ…もうっ……もうっ…いくっ……」

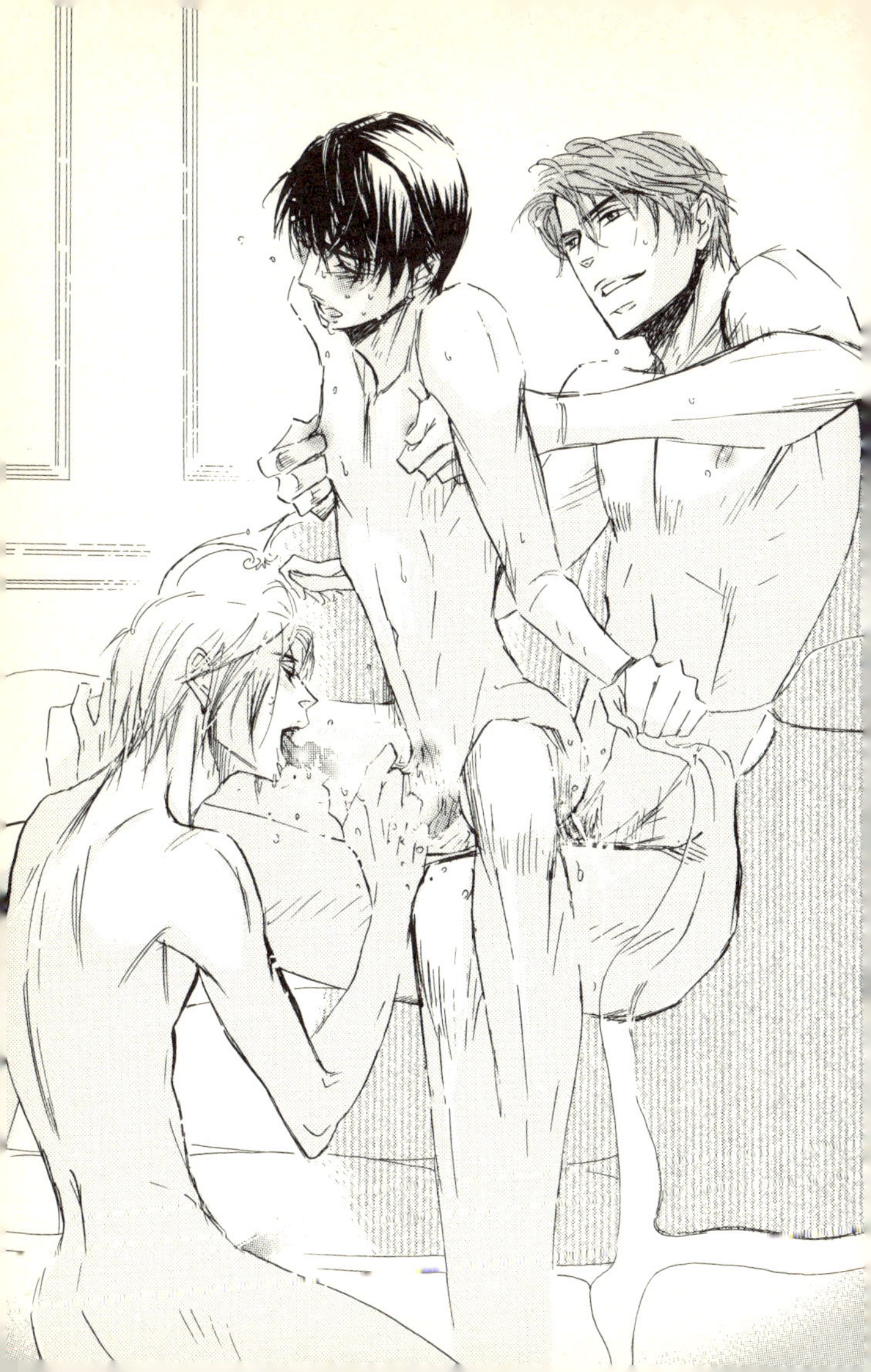

自分でも何を叫んでいるのかわからなかった。AV女優のような声が響いたと同時に俺は達し、光太の口の中に思いっきり精を吐き出していた。

「……くっ……」

射精したとき、俺の後ろはまるで壊れてしまったかのようにひくひくと蠢いたのだが、その動きに龍之介も達したらしく、低く声を漏らすと、俺の首筋に顔を埋めきつく吸い上げてきた。

「……あっ…」

龍之介が俺の両脚を『大股開き』の状態のまま、更に高く抱え上げる。ずるり、と彼の雄が抜けた感触に声を漏らした俺の脚を、立ち上がった光太が抱え上げた。

「交代」

「……え……」

まさか、と思ったときには俺は光太に床の上で組み敷かれてしまっていた。ぜいぜいと息が整わない俺に構わず、光太が俺の後ろに勃ちきったそれを捻じ込んでくる。

「あっ……」

いきなり始まる律動に喘いだ俺の目に、ソファの上で脱衣を始めた龍之介の姿が映っていた。

「次は私だよ」

嬉々とした口調で微笑みながら、裸になった龍之介が光太に貫かれる俺の傍らの床に腰を下ろし、胸の突起をきゅっと抓《つね》ってくる。

「あぁっ……」

二人の手が、唇が、舌が、俺の身体を這い回る。体感したことのない快楽の絶頂へと何度も何度も導かれ、ついに生まれて初めての『失神』を経験するまで、俺は南条親子の身体の下――か上かわからないが――で高く喘ぎ続けてしまったのだった。

3

翌日、俺は生まれて初めて『太陽が黄色く見える』という状態を体感しながら、よろよろとした足取りで登校した。

前日の出来事は悪夢としかいいようがなかった。憧れの南条龍之介と、お気に入りの可愛い生徒、南条光太が俺の身体を組み敷き、何度も何度も貫いたなどということは、ノーマルな嗜好を持つ俺にとっては信じられない、の一言に尽きた。

結局あのあと俺は意識を失ってしまい、夜も随分更けてからリビングのソファで目を覚ましたのだった。看病でもしてくれていたのか、向かいのソファで光太がうとうとと居眠りをしているのを起こさぬように足音を忍ばせ、そっと南条家を抜け出した。

もう二度とあの家にはかかわりたくない——心の底からそう願っていた俺を、天はあっさりと見放した。

学校に着いた途端、俺は校長室へと呼び出された。クビは回避できたと思ったのだが、とびくびくしながら訪れた校長室では、校長と教頭が俺を待ち受けていた。

「南条さんから今日、連絡があってね。夏休みまでの一週間、光太君に学校を休ませたいそうだ」

「そ、そうですか……」

助かった、と俺は心の中でガッツポーズをとった。南条龍之介には家を訪れないかぎり会わずにすむが、光太は俺の受け持ちの生徒だ。学校に来れば顔を合わせざるを得ない、と実は朝からそれが憂鬱《ゆううつ》だったからである。

「そうですかだと?」

俺の相槌が気に入らなかったらしい教頭が声を荒らげる。

「よくもそんなに呑気でいられるもんだ。だいたいどうして光太君が学校に来ないのか、君にはわからないのかね」

「は、はあ……」

正直わからない、としか言いようがなかった。が、それを言えば益々《ますます》教頭が怒ると思い口を閉ざした俺に、教頭はあまりに光太を誤解したことを言い出した。

「担任教師に乱暴されかかったところを人に見られたんだ。彼のような繊細な少年が、ほとぼりが冷めるまで登校したくないと思うのも当然だろう?」

「いや、そんな……」

繊細な少年などではない、と反論しかかった俺だが、教頭にじろり、と睨まれ慌てて口を閉ざした。

「何か言いたいことがあるのかね？」

「い、いいえ、別に……」

ここは大人しくしているに限る、と項垂《うなだ》れた俺に、教頭はあまりに酷な命令をしてきて俺を絶句させた。

「しかし一週間も学校を休めばそれだけ授業が遅れてしまう。それで前沢君、南条さんはこの夏休みの間、君に個人的に補習をしてもらいたいとおっしゃるんだよ」

「な、なんですって」

冗談じゃない、と俺は首を横に振りかけたのだが、教頭に怒鳴りつけられてしまい何も言えなくなった。

「当然だろう？　問題を起こしたのは君なんだから！　ひとつ言っておきたいのはだね」

「は、はい……」

何を言われるのだろうと身構えた俺に、教頭はコホン、と咳払いをすると、そりゃないよ、ということを言い出した。

「二度と光太君に邪《よこしま》な気持ちを抱かないことだ。折角《せっかく》南条先生が君にやり直すチャンスを与えてくれているんだからね。肉欲は捨てて、清廉《せいれん》な気持ちで補習にあたってほしい」

「……」

そんな——俺はいつだって清廉潔白だ、と言い訳をしたくても、教頭も校長も既に聞く耳を持ってはくれなかった。

「返事はどうした」

「……あの……お断りするというわけにはいかないのでしょうか」

あの家で酷い目に遭ったのは俺なのに、まるで強姦魔のような扱いを受けたことで俺はかなりカチン、と来てしまっていた。

南条親子にこれ以上かかわりあいたくもないし、と最大限の勇気を振り絞り、教頭に問いかけたのだったが、教頭は俺の勇気を打ち崩す答えを返してきた。

「断るときは、君がクビになるときだ」

「…………………」

そんな――補習の話を受けなければクビ、という教頭の態度は、俺が何を言おうともひっくり返る気配はなかった。

「まあまあ、どうだろう、前沢君。君、女の子と付き合ってみたら？　よかったら私が見合いのひとつもセッティングするよ」

横から校長が、呆然と立ち尽くしている俺にそんな間抜けな声をかけてくる。

「み、見合いですか……」

「そうそう、普通に女性とつきあえば、いくら南条君が美少年でも、くらり、とくることはないんじゃないかなあ」

人を欲求不満の権化《ごんげ》のように言うのはやめてもらいたい、と食ってかかる気力は既に俺にはなかった。

「……………」

「け、結構です……」

力なく首を横に振った俺に、校長はにこにこ笑いながら、

「スポーツで性欲を昇華するのもいいかもねえ」

あくまでも人を欲求不満扱いしてくれ、俺を更に脱力させたのだった。

「ともあれ、終業式が終わったらすぐ、南条さんのお宅に挨拶に行くように」

補習のプログラムを相談したいということだから、という教頭の言葉に俺は頷かざるを得なくなり、このまま終業式の日が来なければいいのにと思いながら、夏休み前の一週間を過ごすこととなった。


一週間後、終業式が終わったあと俺は教頭の命令に従い、しぶしぶながら南条家の門の前に立った。

インターホンを鳴らして応答を待つ。

『はーい』

浮き立つ声で応対に出たのは光太らしかった。

「前沢です」

『あ、先生ー！　ちょっと待ってて！』

どこが繊細で傷つきやすい少年なんだ、というような明るい声で光太がそう言い、プツ、とインターホンが切られる。また自動で門が開くのかなと待つこと五分、一体どうしたことだと首を捻《ひね》っていた俺の前で、ようやく門が開き始めた。

「え？」

門が開いたのは俺を中へ招き入れるためではなかった。大きなドイツ車が外へと出るためだったのである。どういうことだと呆然とその場に立ち尽くしていた俺の前でドイツ車は止まり、助手席のドアが開いた。

「先生！」

飛び降りてきたのは光太だった。運転席にいるのは龍之介である。

「な、なに？」

「いいから乗って！」

スキップしながら近づいてきた光太が強引に腕を組んでくる。

「の、乗るって？」

「いいから!」

そのまま車まで引き摺られていき、後部シートに押し込まれた俺の隣に、光太が乗り込んできた。

「パパ、出して」

光太がまた俺に腕を絡めてきながら、甘えた声で運転席に声をかける。

「OK」

「ちょ、ちょっと待ってくれ!」

何がどうなってるんだと車を降りようとドアにかけた俺の手を、光太が身を乗り出して押さえ込んだ。

「先生、僕の補習に来てくれたんじゃないの?」

「痛っ」

物凄い力で腕を摑まれ、思わず悲鳴を上げた俺の顔を、

「大丈夫?」

と光太が覗き込んでくる。

「……っ」

大丈夫もなにも、お前の怪力のせいだと言い返そうとした俺は、運転席から聞こえてきた龍之介の上機嫌な声に、反論の先を彼へと向けた。

「それにしても先生が快く光太の補習を引き受けてくれて、助かりましたよ」

「……っ」

別に『快く』受けたわけではない。『クビ』と引き換えに受けたのだと言い返そうとした俺の言葉は、またも龍之介が思わぬことを言い出したことで喉の奥に呑み込まれることになった。

「我が家は夏の間、軽井沢の別荘で過ごすことになっててね、先生にも是非ご一緒いただきたいと思って、補習をお願いしたんですよ」

「えええ?:?:」

軽井沢——?　聞いてない、と言いかけた俺の腕に、光太がしがみついてくる。

「三時間くらいでつくと思うよ。道もすいてるみたいだし」

「こ、これから行くのかっ」

冗談じゃない、と俺は車から降りようとドアに手をかけたのだが、

「痛っ」

またも後ろから伸びてきた光太に腕を摑まれ、引き戻されてしまった。

「先生ー!　一週間も会えなくて寂しかったあ」

言いながら光太が、俺の首にしがみついてくる。

「離せっ」

頬に頬を摺り寄せられ、たまらず光太の身体を押しのけようとした俺は、逆にシートに押し

倒されてしまった。

「よせって！」

「この間も黙って帰っちゃうんだもの。先生、酷いよ」

可愛く口を尖らせた光太がゆっくりと唇を寄せてくる。

「よせーっ」

同時に伸びてきた彼の手に、ぎゅっと股間を握られ、思わず悲鳴を上げた俺の耳に、呑気な龍之介の声が響いてきた。

「光太、昼間っからカーセックスはいけないなあ」

一応注意してくれるのか、と俺は救われた思いで、バックミラーに映る運転席の龍之介を見上げたのだったが、光太は少しも俺の上から退く気配を見せなかった。

「セックスなんてしないよ。キスと、ちょっとしたスキンシップくらいにしとく」

「それならいいか」

あっさりと引き下がった龍之介に、

「よくないだろうっ」

俺は思わず大きな声を上げたのだが、二人には簡単に無視されてしまった。

「先生、会いたかったよう」

にっこり微笑みながら光太が俺の下肢を撫で回す。

「よせって！」

彼の手を押さえようとした手を逆に捉えられ、背後から抱き締められる体勢に慌てる俺の耳に口を寄せ、光太が熱く囁いてくる。

「この間のセックス、どうだった？」

「……っ」

耳の中に光太の舌が挿入され、生暖かい感触に俺の身体はびくっと震えてしまった。

「感じまくった？」

耳の中を舐りながら、光太が俺に尋ねてくる。

「よせって」

「失神したもんね」

くすくす笑う光太の手が俺の胸を、下肢を這いまわる。

「やめろって」

服越しに胸の突起を撫で上げられたのに、またも俺の身体はびくっと震え、スラックスの上からなぞられる刺激に、そこが硬くなってゆく。

「別荘でも沢山沢山、よくしてあげるから」

ね、と光太がシャツの上から俺の胸の突起を摘み上げる。

「ほ、補習に行くんだろうがっ」

ぞわりとした感覚が這い上ってくることに焦った俺は、思わず大きな声を出したのだが、光太にはそれがわかってしまったようだった。

「先生ってほんと、感じやすいよねえ」

感心したようにそう言い、またも俺の胸の突起をきゅっと抓る。

「やめ……っ」

「ああ、なんか我慢できなくなってきた」

びくびくと震える身体をしっかりと後ろから抱き締めながら、光太が明るい声を出す。

「隣の車線から見られるからな。その程度にしておけよ」

注意のしどころはそこかい、と思わずツッコミを入れたくなるような注意をしてきた龍之介に、

「わかってるって」

明るい声で光太は答え、ぎゅっと俺の身体を抱き締めてきた。

「先生、大好き」

「…………………」

生徒に慕われるのは俺だって嬉しい。だがその生徒の硬い雄がぐぐっとスラックスの尻に押し当てられているこの状況は、はっきりいって嬉しいものではなかった。

「早く着かないかな〜」

子供らしい明るい口調で光太はそう言いながら、ぎゅっと俺の身体を抱く手に力を込めてくる。

「もう、待ちきれないよ」

「もう少しの辛抱だ」

ね、と笑った彼が別荘に着いた途端、何をしようとしているのか——補習のプログラムを立てることじゃないことだけは確かだ、と思いながらも更にその先を想像する勇気をとても持つことが出来ず、俺はそれから約三時間、光太の腕の中で身体を竦《すく》ませ、時折彼がしかけてくるセクハラめいた行為に耐えたのだった。


南条家の別荘は、旧軽井沢の別荘街の一角にある、ログハウス風の大きな建物だった。

「一年ぶりだあ」

到着すると同時に、光太は俺の手を引き別荘の中へと導いた。

このあたりでも珍しい二階建ての建物の中は、目黒の家と同じようなゴージャスな造りだった。大きな暖炉《だんろ》のある広々としたリビングといい、最新鋭の設備の整ったキッチンといい、俺の実家だってここまで立派じゃないと感心している俺の手を引き、光太は二階の部屋も案内してくれた。

「ここがパパの書斎」

バタン、とドアが開かれたとき、壁一面を使った本棚に俺は圧倒された。八畳ほどの部屋の真ん中に、大きな机が置いてある。

さすがは著名な小説家の仕事場だ、と、蔵書を見ていた俺は、

「それからこっちはね」

と強引に光太に腕を引かれ、部屋を出ざるを得なくなった。

「ここが僕の勉強部屋」

「へえ」

六畳ほどの部屋にはやはり壁一面の本棚と、先ほどよりも小ぶりの机が置かれている。ベッドもあるところを見ると、彼はここで寝起きするらしい。

「それからここが、先生の部屋」

客用寝室なんだ、と連れていかれた次の部屋には、ベッドが二つ並んでいた。

「専用のバスルームもついてるよ」

ほら、と部屋の中へと入っていき、ドアを開いて示してくれたところは、まるで一流ホテルのバスルームのようだった。

「凄いな」

「何か欲しいものがあったら、なんでも用意してもらうからね」

にこにこ笑いながら光太に手を引かれ、また階下へと戻ってゆく。

「あ、パパ」

「もう、私だけに荷物を運ばせるなんて酷いぞ」

口ではそう言いながらも、龍之介の顔は笑っていた。彼の足元には大型のトランクが二つ、どどん、と置かれている。

「ごめん、先生に別荘を見てもらいたくて」

光太が俺の手を引いたまま、龍之介の傍に駆け寄ってゆく。わかったわかった、というように龍之介は光太の頭をぽんぽん、と叩いたあと、俺に笑顔を向けてきた。

「どうです、気に入っていただけましたか」

「……は、はあ……」

確かに凄い別荘だと感心はしたが、『気に入った』かと問われると微妙だ——建物がどうこう、というより、わけもわからずこんなところまで連れてこられてしまったからなのだが——と俺は頷いているんだか首を横に振ってるんだか、わからないような相槌を打ったのだったが、龍之介はそれを勝手に『YES』と取ったようだ。

「よかった、遠くまでお連れした甲斐がありましたよ」

バンバンと俺の背を叩くと、

「疲れたでしょう、まずはお休みになられてはどうです」

とそのまま俺の背に腕を回してきた。

「…え…？」

「そうそう、先生、疲れたでしょ？」

光太も同じように逆サイドに立ち、俺の背に腕を回す。

「い、いや、そうでも……」

「遠慮されることはない。さあどうぞ」

「そうそう、遠慮なんかしないでね、先生」

殆ど二人に引き摺られるようにして階段を上らされ、先ほど案内してもらった客用寝室へと連れ込まれた俺は、そのまま強引にベッドへ押し倒されてしまった。

「ちょっと…っ」

起き上がろうとしたところに、光太が覆いかぶさってくる。

「先生、会いたかったよう」

「よせって！　おいっ」

頭の上で俺の手を押さえ込み、唇を塞ごうとしてきた彼の手から逃れようと必死になっていた俺は、傍らで龍之介が次々と服を脱ぎ捨てているのに気づき、ぎょっとして思わずそちらに注目してしまった。

「んん……っ」

そんな隙を逃すまじ、とばかりに光太が唇を塞いでくる。舌で歯列をなぞられ、思わず開いてしまった口内に光太が舌を差し入れる。縮こまっていた俺の舌を捉え、強く吸い上げてきながら彼は膝を俺の両脚の間に割り込ませてきた。

「……あっ……」

そのまま膝を脚の付け根まで移動し、ぐいぐいとそこを圧《お》してくる。痛いくらいの刺激に、あわせた唇の間から声が漏れてしまったそのとき、ドサ、とベッドが軋《きし》み、スプリングが沈んだ。

「……っ」

目をやった先、裸の尻が目に入りぎょっとする。全裸になった龍之介が俺の頭の横に腰を下ろしてきたのだとわかったときには、彼の手が伸びてきて俺の手を押さえ込んでいた。

「ありがとう、パパ」

光太がにっこりと目を細めて笑い、俺に跨ったまま服を脱ぎ始める。

「ちょ、ちょっと待ってください」

これではまたあの悪夢の日の二の舞だ、と俺はなんとか彼らの手を逃れようと暴れまくったが、二人がかりで押さえ込まれてしまっては身動きなど取れようはずもなかった。

「さてと」

全裸になった光太が、俺の腹に跨り直しながら、俺を見下ろし、ぺろり、と自身の唇を舐める。

「……っ」

高校生のくせに、なんていやらしい顔をするんだ――赤い舌に思わず見惚れそうになっていた自分にはっと気づき、改めて暴れ始めた俺を、全裸の南条親子が見下ろしている。

「先生、そんなに恥ずかしがらないでよ」

「恥じらうところもまた、可愛いけれどね」

恥ずかしがってるわけじゃなく、正真正銘嫌がっているのだと、なぜ彼らにはわからないのかと愕然としながらも俺は、

「あのねえっ」

とそれを説明しようとしたのだが、大人しく俺の言葉を聞いているような彼らではなかった。

「やっぱりまだ日が高いからかなあ」

「明るい部屋ではセックスできないなんて、可愛いことを言うじゃないか」

いや、言ってないし、と反論しようとした俺のタイを、しゅるり、と光太が解いた。

「それならさ、目隠しすればいいよね？」

「え……」

だからなんでそうなるのか、と言うより前にパンッと光太はネクタイを両手の間で張ってみ

せると、それで俺の目を覆い始めた。

「おいっ！　よせっ！」

　きつく頭の後ろで結ばれ、視界が真っ暗に閉ざされる。

「これでいいでしょ、先生」

　ね、と笑った光太の声がしたと同時に、シャツのボタンが外されていくのが、見えないながらも体感でわかった。

「よくないっ！　よせっ」

　見えないということがこれほどの恐怖を呼ぶものとは、まったく予想もしていなかった。服を剝ぎ取られるのにも、どこから手が飛んでくるかわからず、びくびくと身体が震えてしまう。やみくもに手足をばたつかせようにも、がっちりと両手両足を押さえられてしまっては身動きをとることもできず、俺はあっという間に全裸に剝かれ、ベッドに押さえつけられていた。

「やめろっ！」

「暴れないでほしいなあ」

　不満そうな光太の声が頭の上で響いたと同時に、胸に生暖かい感触を得、俺はびくっと身体を震わせてしまった。

「あ、感じてる」

　くす、と笑った声が胸の辺りで聞こえるところを見ると、光太が舐めているらしいとわかったが、目を閉じているためか、前に光太に胸を舐められたときとはまるで違う感じがした。

「今日は私からいかせてもらおう」

俺の手を押さえ込んでいた龍之介の手が退いていき、スプリングが軋んで彼がベッドから立ち上がったのがわかった。

「パパ、やる気満々だもんね」

かわりに俺の手を押さえ、光太が俺の上から退く。

まるで見えない状態だけに、気配は普段より強く感じるようだ。彼らの動きを頭の中で追いながらそんなことを考えていた俺は、現実逃避をしていたに他ならなかった。

「それじゃ、いこうか」

下から龍之介の声が響いてきたと同時に、脚を抱えられ、大きく開かされた上に腰を持ち上げられる。

「やめろっ」

露にされたそこに息がかかったと思った次の瞬間、ざらりとした感触に襲われ、びく、と俺の身体はまたも大きく震えた。

気配だけでなく、与えられる刺激も目を開いているときより増幅して感じることに、俺は気づき始めていた。何をされるのかまるで予測がつかないことも、なぜかひどく俺を興奮させてゆく。

嚙み締めた唇から思わぬ声が漏れてしまった。

「あ、勃ってる」

頭の上で声がしたと同時に、ピンッと胸の突起を弾かれたとき、

「あっ」

光太の声が響いたあと、ぺろり、と胸の突起を舐められ、俺の口からまた高い声が漏れる。

「可愛い、舐めちゃえ」

「今日は先生を舐めまくろうか」

冗談とは思えない口調で光太がそう言うのに、

「いいね」

下肢に顔を埋めていた龍之介が笑って答え、音を立てて俺の後ろをしゃぶりはじめた。

「あっ……はぁっ……あっ……」

光太の舌が胸から脇へと滑り、丹念に脇の下を舐め始める。かと思うと今度は首筋へと移り、ぺろぺろと舐めながらときに強く吸い上げてきて、俺の息を上げさせていった。

「あっ……あぁっ……あっ…」

龍之介は俺の後ろだけを延々と舐め続けていた。両手でそこを押し広げ、かなり奥まで舌を差し入れて丹念に丹念に舐ってゆく。彼の舌が抜き差しされるたびに、内壁が更に奥へと誘うようにひくひくと蠢いているのを、俺はまるで他人の身体に起こっている事象のように感じて

いた。

「あっ……はぁっ……あっ…」

光太の舌が俺の胸の突起を捉え、こりこりと舌先で転がしてくる。

「あぁ……ん…」

もう片方をきゅっと捻られたとき、自分でも驚くような甘い吐息が口から漏れてしまい、俺を瞬時慌てさせた。

「……」

光太の動きが一瞬止まる。

「はぁ……ん……」

次の瞬間、更に強い力で胸を抓られた俺の口からは、またも女のような嬌声が漏れてしまった。

「なんか興奮しない？」

ふふ、と笑いながら光太が音を立てて胸をしゃぶってくる。

「するな」

龍之介が答えたとき、俺の後ろから舌が抜かれ、ひくつく後ろの動きに、また俺は甘い声を上げていた。

「や……」

「いい、いいよ、先生」

両胸の突起を抓り上げられ、強烈な刺激に俺の背が大きく仰け反る。

「見えないと羞恥心も薄れるのかな」

変に冷静なことを言いながら、龍之介がずぶり、と指を後ろへと挿入させてきた。

「あぁっ……」

「ほんとだ。腰がくねってるもの」

光太の楽しげな声に教えられ、なんたることと一瞬素に戻りかけた俺の意識は、後ろを指で乱暴にかき回されるうちにまた快楽の向こうへと飛んでいってしまった。

「あっ……はぁっ……あっ…」

「ひくひくしてる。これはいいな」

龍之介の声もやたらと楽しげで、二人の笑い声が俺の身体の上で響き合う。

「挿れようか」

龍之介の指が抜かれたとき、また俺の腰は失った指を惜しむようにくねっていた。

「待っててくれ」

ぴしゃ、と軽く尻を叩かれたあと、押し広げられた後孔にずぶり、と龍之介の雄が挿入されてくる。

「あぁっ……」

「すごい、先生、感じまくってる」

俺の身体がシーツの上で跳ね上がったのに、光太が興奮した声を出す。

「あっ…はぁっ…あっあっあっ」

いきなり始まる激しい律動に、俺の身体は更に大きく跳ね上がった。光太が俺の身体を押さえ込み、胸の突起を抓り上げてますます俺を高めてゆく。

「あぁっ…あっあっあっああっ」

自分でもどうしたのかと思うくらいに、俺は興奮してしまっていた。声が嗄《か》れるほど喘いでいる俺の雄は、誰も手を触れていないのに勃ちきり、今にも爆発しそうになっている。

「あぁっ…あっあっあっ」

いきなりそれを握ってきたのは誰の手だったのか——わからないながらも、触れられたと同時に俺は達し、白濁した液を撒き散らしていた。

「凄い、凄いよ、先生」

興奮した光太の声が響いたと同時に、俺の脚を抱える相手が代わった気配がする。

「僕のときもそのくらい乱れて」

ずぶ、といきなり挿入された雄に、俺の身体はベッドの上で大きく仰け反り、下肢に熱がともり始めた。

「いい、いいよ」

興奮した光太の声が室内に響き渡る。

「あっ……」

ゆるゆると俺を扱き上げてきたのは、先ほどまで俺を抱いていた龍之介の手だろうか——あっという間に勃ち上がる自身に驚く間もなく、俺は再び訪れる絶頂の波に浚《さら》われていた。そうして襲いくる快楽にまたも俺は声が嗄れるまで喘ぎ続け、最後には生まれてから二度目の『失神』を体験し、——早い話が意識を失ってしまったようだった。

4

別荘に到着したその直後、またも南条親子に組み敷かれてしまった時点で、俺にとってこの地が受難の場となることは決定したも同然だった。

俺が目覚めたのは翌朝だったのだが、泥のように重い身体を引き摺りながら階下に下りると、

「あ、先生」

「おはよう」

光太と龍之介、二人が食卓でコーヒーを啜《すす》りながら俺に手を上げてきた。

「……おはようございます」

「よく眠れた?」

「…………」

眠った、というよりは気を失っていたというのが正しいのだが、と思いながらも頷いた俺に、

「それはよかった」

龍之介が笑顔を向けてくる。

それにしても本当に美形親子だ、と俺は自分とは比べものにならないくらいに爽やかな様子

の彼らを前に溜め息をついたのだが、

「…………」

ぐるる、というお腹の鳴る音が響いてきたのに、顔を上げて音の主と思われる光太を見た。

「えへ」

光太が照れたように笑ってコーヒーを啜る。時計を見上げると午前九時を回っていたが、朝食はまだなのだろうかと思って尋ねると、

「まだ……というか、作れないんだ」

思わぬ答えが返ってきて、俺を絶句させた。

「え??」

「いつも家事をお願いしているお手伝いさんが酷い風邪らしくてね」

この別荘の管理を任せている夫婦の、妻の方が夏の間、食事を作ったり掃除洗濯をしたりしてくれるそうなのだが、その奥さんが風邪に倒れたというのである。

「食材だけは夫の方が冷蔵庫に入れておいてくれたんだけどね」

「……じゃあ、作ればいいのでは……?」

思わず問いかけてしまった俺に、親子の視線が集まった。

「先生、料理できるの?」

光太の目が輝く。

「か、簡単なものくらいなら……」

嫌な予感がする、と思いながら答えた俺に、今度は龍之介が輝く瞳を向けてきた。

「簡単なものでもいい！　作ってもらえないかな」

「ええ？」

やはりそうきたか、と心の中で溜め息をついた俺は、続く龍之介の言葉に驚き、思わず問い返してしまっていた。

「よかった。我々、家事全般、一切したことがなくってね」

「したことがないって？？」

確か光太の母——で龍之介の妻は、光太が生まれてすぐに他界していたはずである。光太の学校の資料からではなく、龍之介のファンとして得ていた知識だった。

確かその後再婚はしていないはずだが、それじゃあ誰が家事をしていたんだと驚きの声を上げた俺に、光太が横から答えてくれた。

「お手伝いさんが一切の家事をしてくれてたんだけど、一週間前に辞めちゃってさ」

「………あ……」

俺の脳裏に、龍之介に伸し掛かられている俺の姿を見て、悲鳴を上げて部屋を飛び出していった家政婦の姿が蘇った。

「この一週間、ずっとカップラーメンと出前ばっかりだったんだよね」

てしまう。

俺も立派な被害者なのだが、家政婦が辞めた原因がアレだとすると、なんとなく責任を感じ
「ええ？」

「それもあって、早めに別荘に来たんだけど、まさか重田《しげた》さんが大風邪に倒れてるとは思わなかったよ」

「本当に。ついてないな」

溜め息をつき合う親子を前にしては、見捨ててもおけなくなってしまった——という俺は、根っからのお人よしなんだろうか。

「本当に簡単なものしか作れませんが」

「ほんと？　先生、作ってくれるの？」

光太の顔がぱっと輝く。

「悪いね」

一応すまなそうな顔はしたものの、龍之介の顔にも喜びが溢れていた。

「ちょっと待っててください」

まったくなんで俺が、と思いながらもキッチンへと向かうと、アメリカのホームドラマにでも出てきそうな巨大な冷蔵庫を開けてみた。

「すげえ」

野菜から肉からハムからフルーツからミルクから酒から、ありとあらゆるものがびっしりと詰まった冷蔵庫に、俺は感嘆の声を上げた。しかもベーコンを取り出してみるとこれは軽井沢でも有名な腸詰屋のものだったり、パンを見ると——パンは冷蔵庫には入っちゃないが——ブランジェ浅野屋のものだったりと、軽井沢の有名店の品物が揃っているようである。

さすがだ、と思いながら俺は、朝だし、手抜きでいいか、とベーコンエッグにサラダ、という簡単なメニューで済ませることにした。もともと料理が得意というわけじゃなく、一人暮らしをするのに困らないという程度の腕前でしかないのだ。どうやら舌が肥えているらしい南条親子は果たしてお気に召すか、という不安はあったが、気に入らなければ食わなければいいだけだと考え直した。

だが俺の不安は杞憂《きゆう》に終わった。南条親子は俺の作った飯を「おいしい、おいしい」とあっという間に平らげ、「おかわり」と二人して皿を突き出してきたのである。

「すごい食欲ですね」

思わずぽろり、と本音が漏れてしまった俺に、

「だっておいしいんだもの」

「本当に。久々に食事らしい食事をとった」

光太も龍之介もとても嘘を言っているとは思えない口調で答え、俺に少しいい気分を味わわせてくれた。たとえベーコンエッグでも、美味い、といわれれば悪い気はしないものである。

「美味しかったよ。ごちそうさま」

「先生、どうもありがとう」

食事を終えると龍之介は仕事をするといって書斎へと引っ込んでしまった。光太は後片付けをする俺を手伝い、皿を拭いたりしてくれたあと、

「先生、勉強見てくれる?」

と俺の顔を覗き込んできた。

「あ、ああ」

昨日、俺を押し倒したときとはあまりに違う可憐な様子に戸惑いを覚え、返事が遅れてしまった俺の心を読んだかのように、

「だってそのために先生に来てもらったんだもの」

光太は笑ってそう言うと、「ね」と俺の手を引き彼の勉強部屋へと向かった。

昨日散々な目に遭っているために、密室で二人になる勇気はなく、ドアを開けっ放しにしようとした俺を見て、光太がぷっと吹き出した。

「先生、なんかエッチなこと考えているでしょう」

「ばっ……」

図星——というより、エッチなことをされたらどうしようと心配していただけなのだが、それはそれで恥ずかしいと顔を赤らめた俺に、光太は屈託のない笑顔を向けてきた。

「大丈夫だよ。昨日、パパと約束したから」

「約束？」

何を約束したのかと問い返した俺は、光太の答えを聞いたことを心の底から後悔した。

「あんまりやりすぎて先生を壊しちゃいけないから、昼間は真面目に仕事や勉強しようって。パパも秋に発行する書き下ろしの単行本あるし、僕も一週間も学校休んじゃったし、やることちゃんとやってから、夜に存分に楽しもうって約束したんだ」

「…………………」

『存分に』というところをいやというほど強調してくる光太の夜の楽しみ方を聞く勇気はとても俺にはなかった。

「だから先生、勉強教えて」

「……あ、ああ……」

とりあえず昼間は何もされないということだ――我ながら無理のある前向きさだと思いつつ、向学心溢れる生徒を放置するわけにもいくまい、と、俺は教科書を開くと光太に一週間分の遅れを取り戻させるべく、個人授業を始めたのだった。

昼食の時間になり、何を作ろうかと悩んだ結果、タン麺にすることにした。またも「おいしい、おいしい」と平らげてくれた南条親子は、食事が終わると原稿や夏休みの宿題に取りかかるためにそれぞれの部屋へと戻っていった。

その間、俺は掃除や洗濯をし、夕食の献立を考え、とそれこそ家政婦のような午後を過ごしたのだが、昨日の異常な雰囲気とは一転したあまりにまっとうな龍之介と光太の様子に、正直戸惑いを覚えていた。

だいたい男同士でセックスするというだけでもアブノーマルだと思うのに、二人がかりで一人を抱く、というのはアブノーマル中のアブノーマルな行為ではないかと思う。それをさも当然のようにしてみせる南条親子を俺は、究極のアブノーマル親子だと思っていたにもかかわらず、一夜明けた彼らは極普通の親子のように、俺の作った飯を喜んで食い、それぞれ仕事と勉強に精を出している。

どっちが本当の彼らの姿なのだろう——平和は人の緊張感を鈍らせる。昨日あれだけ酷い目に遭ったにもかかわらず、その上、光太に『夜に存分に楽しもう』と言われていたのにもかかわらず、束の間の平和に俺はすっかり油断してしまっていた。

夕食の後片付けを終えたあと、何も考えずに俺は自分の部屋に戻り、客用寝室専用のバスルームで一日の疲れを癒すべく、入浴を楽しんでいた。

大きな西洋風のバスタブと、常備されているジェルを見たとき、そうだ、あの泡々の風呂というのをやってみよう、と思い立った。程よくたった泡の中、身体を沈め、極楽極楽、と手足を伸ばす。

明日の朝飯は何を作ろうかな——もともと料理のレパートリーが少ないために、昼は、そして夜はどうしようと思いを巡らせていた俺の目の前で、施錠し忘れたバスルームのドアが、かちゃり、と音を立てて開いた。

「なっ……」

まさか、と身構えた時には既に手遅れだった。

「泡のお風呂だーっ」

嬉々とした声と共に素っ裸の光太が、

「エロティックだねえ」

にやにやと笑いながらやはり素っ裸の龍之介が次々とバスルームに入ってきたのだ。

「ちょ、ちょっと」

慌てて風呂を出ようとした俺の肩をがしっと光太が掴んだ。

「僕も一緒に入っていい？」

「駄目だっ」

拒絶したにもかかわらず、光太が俺を跨ぐようにして強引にバスタブに入ってくる。ざぱ、と湯とともに泡が流れ出したのを、

「もったいないー」

光太は慌てて手で掬《すく》い寄せようとした。

「私も入れてもらおうかな」

龍之介もバスタブに手をかけ、強引に足を突っ込もうとしてくる。

「無理ですって」

いくら大きいバスタブとはいえ、もともと一人用のものだ。三人も入れるわけがないと首を横に振った俺に、

「無理じゃないよ」

光太がそう言ったかと思うと、いきなり俺の脚を摑んでぐっと引いてきたものだから、俺は湯に沈み込みそうになった。

「危ない」

背中を支えた龍之介が、そのまま俺の身体を前へと押しやると、強引に俺の後ろに身体を滑り込ませてくる。

「無理だって」

ざば、とまた大量の湯が流れ出し、泡は殆ど消えていったが、南条親子はいたって満足そうだった。

「無理じゃない」

背後で声がしたと思ったと同時に俺の両脇に手が差し入れられ、身体が持ち上げられる。

「わ」

浮力で簡単に浮いた身体の下、龍之介が長い脚を伸ばし、その上に俺を抱え上げた。

「先生、ちょっと脚、出して」

狭いから、と言いながら今度は前にいた光太が、俺の両脚を摑んで無理やりバスタブの縁にそれぞれかけさせ、大股開きのような格好を取らされる。

「おいっ」

よせ、と暴れようとしたとき、後ろから伸びてきた龍之介の手に胸の突起を摘み上げられ、うっと息を呑んでしまった。

「やっぱ狭いね」

くすくす笑いながら光太が、水面すれすれのところで揺れていた俺の雄を摑み、ゆっくりと扱き上げてくる。

鍵をかけておくべきだった——基本中の基本じゃないか、と己を罵《ののし》る間もなく、胸を、雄を攻められ俺の息は一気に上がっていった。

「あっ……はぁっ……あっ…」

浴室内で俺の声が反響し、頭の上から雫《しずく》と共に降ってくる、そんな錯覚に陥りそうになる。

「お湯、入っちゃうかな」

歌うような口調で言いながら、光太が俺の後ろにずぶり、と指を挿入させる。

「あっ……」

「先生の中、熱い」

光太の指が俺の中をかき回すたびに、彼の言うとおり湯が中に流れ込み、気持ちがいいんだか悪いんだかわからない感触に眉を顰めた俺の耳に、龍之介の舌が差し入れられる。

「可愛いね」

囁きながら熱い舌が耳の中を出入りする。両胸を弄られ、つん、と勃ち上がった胸の突起をきゅっと強く抓られる俺の身体は、浴槽の中でびくん、と大きく震え、ちゃぷちゃぷと湯面が波打った。

「先生、胸弱いよねえ」

言いながら光太が中に入れた指でぐい、と俺の奥を抉り、勃ちきった俺を湯の外で扱き上げ始める。

「あっ……はぁっ……あっ…あっ…」

絶え間ない刺激に、立ち込める湯気に、身体が浸かる熱い湯に、俺の意識は朦朧としていたが、身体は熱く滾《たぎ》っていた。

「挿れたいな」

光太が唇を尖らせ、湯面の外に出した俺の先端に、ちゅ、と軽くくちづける。

「ここじゃ無理だろ」

龍之介はそう言うと、俺を抱えたまま、ざばっと勢いよく浴槽の中で立ち上がった。

「そうだね」

光太も立ち上がり、俺の両脚を抱え上げる。

「タオルを」

「わかった」

龍之介が俺を横抱きにし、光太がバスタオルで俺の身体を包む。連携プレイだ、などと感心する余裕が俺にあるわけもなく、なされるがままに彼らに浴室から連れ出されたあと俺は、昨日と同じベッドの上に、ごろり、と横たえられた。

「バスジェルのいいにおいがする」

湯あたりでもしたかのように、ぼうっとしてしまい、身体が思うように動かない。光太が俺の脚を大きく開かせ、下肢に顔を埋めてくるのを、俺は拒むこともできずにいた。

「それに綺麗な色、見て、パパ」

光太が俺のそこを指で大きく広げると、龍之介が上から覗き込む。よせ、と頭の中では叫んでいるのに、外気にさらされた俺のそこはひくひくと蠢き、俺の腰はその動きに合わせるように卑猥にくねってしまっていた。

「待ってるみたい」

光太が嬉しそうな声を出し、俺の両脚を抱え直す。ずぶり、と彼の太い雄が挿入されたとき、本当に俺のそこは待ち侘びていたかのようにひくひくと蠢き、俺を、そして光太を驚かせた。

「やっ……すご……っ…」

すっかり興奮した声を出した光太が、一気に腰を進めてくる。

「あっ……」

奥まで貫かれ、喘いだ俺の頬を、龍之介は両手で挟んできた。

「君の身体は貪欲だね」

「あっ……はぁっ……あっ……あっ…」

言われた言葉の意味が伝わってこない。俺の思考はぷっつりと途絶え、激しい光太の突き上げに、ただただ熱く滾る身体の熱を発散しようと、髪を振り乱し、声を張り上げて喘いでいた。

「凄いよ……っ……パパ……っ」

光太の歓喜の声が遠いところで響いている。ずんずんと奥を抉られるたびに、俺の身体の熱は増し、焼け付く刺激に苦しさすら覚え始めてしまっていた。

「あぁっ…あっ…あっ…」

「熱い……っ…熱いよ……っ」

光太の恍惚《こうこつ》とした声がする。

「どれ」

頬にあった龍之介の手が俺の肩を掴み、強引に上体を起こされる。

「あぁっ…」

更に奥深いところを抉られ、高く声を上げた俺と、

「あっ……」

同じように高く喘いだ光太の声が重なった。

「光太、仰向けになってごらん」

龍之介が俺の脇に腕を差し入れ、身体を支えながら光太に声をかけている。

「ん……」

ずる、と光太の雄が一旦抜かれ、彼が仰向けに寝転がる。

「下ろすよ」

「あっ……」

上に乗る体勢になったのは、初めてだ、などという呑気な考えが、朦朧とした俺の頭に浮かんで消えた。ずぶずぶとまた光太の雄が後ろに挿入されてゆく。

「あぁっ……はぁっ……あっ……」

ぐい、ぐい、と光太が突き上げてくる。今までより深いところを抉られる快感に、自分の上体を支えていることが出来ず、俺は光太に覆いかぶさっていった。

「あぁっ…」

光太の手が俺の胸を支えながら、胸の突起を親指の腹で擦り出す。奥を抉る突き上げはそのままに、胸を弄られる刺激に俺の声はますます高くなり、知らぬうちに腰が大きく揺れ始めた。

「…さて」

背後で龍之介の声がしたと同時に光太の雄を収める俺の後ろを、彼の両手が広げたのがわかった。

「あっ…」

何、と思ったときにはぐい、と龍之介の指が挿入されてきて、驚いた俺のそこはきゅっと締まり、光太の雄を締め上げた。

「……痛……っ」

光太が小さく呻き、俺の胸の突起をぐっと押す。

「…あっ……」

ふっと力が抜けたとき、ぐい、と龍之介の指が更に奥へと入ってきた。光太の律動に反するような指の動きに、俺の後ろに新たな快感が芽生え、俺を高く喘がせてゆく。

「あっ……あぁっ…あっあっあっ」

「本当に熱いな」

ぐいぐいと中を圧する龍之介の指が、いつの間にか二本に増えていることに最初俺は気づかなかった。

「……う……っ……うぅっ……」

光太が快感に耐えられないように低く呻く声が、俺を益々昂《たか》めてゆく。

「……私もいけそうかな」

呟いた龍之介の声が聞こえたが、意味はまるでわからなかった。

「光太」

「……ん…？」

名を呼ばれた光太の動きが止まる。

「あ……ん……」

どこの誰のものかと思うような、物欲しげな声が室内に響き渡った。それが自分の発したものだと気づき、羞恥を感じるより前に、俺は自分の身に起こりつつある物凄い事態にパニックに追い落とされることになった。

龍之介の指が、俺の後ろを広げたかと思うと、なんと彼は勃ちきった自身をそこに捻じ込もうとしてきたのだ。

「痛っ…」

悲鳴を上げたと同時に、今まで靄《もや》がかかっていたようになっていた意識が一気に醒めた。

「パ、パパ…」

光太も驚いたように俺の下で固まっている。

「大丈夫。力を抜いて」

龍之介だけが一人冷静な声を出していたが、とても俺の状態は『大丈夫』といえるようなものではなかった。

「……痛……っ…」

ずい、と龍之介が腰を進めるたびに激痛が走り、目からは生理的な涙が零《こぼ》れ落ちる。

「…二本挿しはちょっと、無理じゃないの」

光太がそんな俺を心配そうに見上げながら、俺の肩越しに父親に向かって声をかけた。

二本挿し――うまいことを言う、などと感心している余裕は勿論《もちろん》俺にあろうはずもなかった。

「大丈夫だ。ほら」

龍之介の手が萎えかけた俺を握り、ゆるゆると扱き上げ始める。

「ん……っ……」

「先生、大丈夫?」

心配そうな声をあげながらも、光太が首を持ち上げ、俺の胸の突起に吸い付いてきた。

「……ん……っ……あっ……」

胸に、雄に絶え間なく与えられる刺激に、強張った俺の身体から次第に力が抜けてゆく。

「あっ……」

それを見越したようにずい、と龍之介が腰を進めてきたが、先ほどのような激痛が俺を襲うことはなかった。

「光太、動けるか?」

「うん……」

「最初はゆっくりな」

俺の背に覆いかぶさるようにして、龍之介が光太に声をかける。

「うん……」

頷いた光太が、ゆるゆると突き上げを始めたのに合わせ、龍之介もゆっくりと腰を前後し始めた。

「あっ……あぁっ…あっ…」

それぞれのかさの張った部分が、内壁を擦り上げ、擦り下ろす。リズミカルなようでまるで予測のつかないその動きに、俺の腰が揺れ始めた。

「いい感じじゃないか」

龍之介が腰の律動を速めるのに、光太もわかった、というように突き上げの速度を上げてゆく。

「あっ……あぁっ…あっあっあっ」

二本の雄を俺の中で抜き差しされる刺激はあまりに強すぎた。一気に快楽の絶頂へと押し上げられていった俺の身体は光太の身体の上で大きく撓《しな》り、耐え切れずに崩れ落ちてゆく。

「あっあぁっあっあっあっ」

既に俺は意識がないような状態だった。壊れたように蠢く後ろが熱くて、どうにかなりそうになる。高く喘ぐ俺の身体を、四本の腕がしっかり支えてくれる安心感に、声も限りに叫んでいた俺は、ついに耐えられずに白濁の液を飛ばしていた。

「あぁっ……」

絶叫、といってもいい声が己の声であるという自覚はもう俺にはなかった。ふっと意識が遠くなり、俺は大きく背を仰け反らせたあと、そのままうつ伏せに倒れてしまったようだ。

「先生？　先生？」

慌てた光太の声と、

「大丈夫か」

いつになく動揺した龍之介の声を聞いたのを最後に、俺はそのまま気を失ってしまったようだった。

5

翌朝、俺はベッドから起き上がることができなかった。

まさに狂乱の夜だった——目覚めたあと、生まれて初めて『腰が立たない』という状態を体感しながら、俺は前夜の己の様子を思い起こし、頭を抱えてしまった。

あれが自分だとは思いたくなかった。男二人に突っ込まれて、失神するくらい感じまくるなんて異常としか言いようがない。

『あぁっあっ…あぁっあっあっ』

やかましいくらいに響いていた嬌声が耳に蘇ってきて、思わず上掛けに包《くる》まりぎゅっと目を閉じ耳を塞ごうとしたとき、ドアがノックされる音が響いてきて俺は我に返った。

「先生、大丈夫？」

ひょい、と顔を覗かせたのは光太だった。手には盆を持っている。

「……ああ…」

大丈夫、といえる状態ではなかったが、生徒には心配をかけまいとする教師としての本能が働き、頷いた俺に、

「よかった」

光太は本当にほっとしたような顔で微笑むと、「よいしょ」と盆を水平に保ちながら室内へと入ってきた。

「お粥《かゆ》、作ってみた。食べられる？」

「お粥？」

家事全般できないのではなかったのか、と驚いてみせると、光太は照れたように笑って、

「レトルト。コンビニまで買いに行ったんだ」

そう言い、盆の上を示してみせた。

「ああ」

きょうび家事ができなくても生きていけるくらい、色々なものがコンビニには売っている。

なるほどな、と頷いた俺の枕元に光太は盆を置くと、椅子を引っ張ってきて座った。

「食べさせてあげる」

「いいよ」

自分で食べられる、と言ったのだが、光太は既に粥にスプーンを突っ込んでいた。

「はい、あーん」

「……」

にこにこ笑いながらスプーンを差し出してくる彼に、『自分で食べる』と言うのも悪い気が

し、俺は仕方なく口を開いた。

「あちっ」

「あ、ごめん。ふーふーってやるんだっけね」

作り立てほやほやの――といっても多分お湯に入れただけだが――粥の熱さに悲鳴を上げた俺に、光太は慌てて詫びると、ふた匙《さじ》目は、ふーふーと息を吹きかけて冷まし、また、

「はい、あーん」

可憐な笑顔で俺にスプーンを差し出してきた。

「………」

「おいしい?」

「……うん」

味も何にもない粥は正直美味《うま》くはなかったのだが――その上別に俺は病気というわけではなく、単に腰が立たないだけで普通に食欲もあったのだが――光太があまりに無邪気に問いかけてくるものだから、思わず頷いてしまっていた。

「よかった」

光太の顔がぱあっと喜びに輝く。輝く笑顔というのはこういう顔を言うのだろうなあ、と俺は彼の綺麗、としかいえない顔に暫《しば》しぼうっと見惚れてしまった。

「はい、あーん」

「あーん」

　声を出してやると、光太はまた嬉しそうな顔になった。彼の顔が更に輝いて見え、俺は彼を喜ばせようと、スプーンを出されるたびに「あーん」と阿呆のように声を出し口を開いた。

「なんか、子供の頃を思い出しちゃう」

　俺に粥を掬ってくれながら、光太の目が懐かしそうに細められる。

「子供の頃？」

「うん、昔、パパは今以上に忙しくてさ、執筆のリズムを壊されたくないって、食事も殆ど別だったから、僕はたいてい一人で食べていたんだけど……」

　ふーふーと息を吹きかけたスプーンを、はい、と俺に差し出しながら、光太が、うふふ、と嬉しそうに笑う。

「でも病気になると、心配したパパが、家政婦さんが作ってくれたお粥をこうして食べさせてくれたんだ。仕事がどんなに忙しくても、『大丈夫か』って本当に心配そうな顔して……」

「……そうか……」

　うまい相槌《あいづち》が見つからない。なんだか胸が一杯になってしまったのは俺だけではないようで、光太の目も潤んでいた。

「……いいお父さんだな」

　ようやく思いついた相槌がこれ、という情けなさに俺は心の中で、国語教師、しっかりしろ

と自分を叱咤《しった》したのだが、光太は潤んだ目を細めにっこり微笑むと、

「うん」

大きく頷いてみせた。

「……仕事が忙しいから、なかなか相手をしてもらえないのは相変わらずなんだけど、それでもね」

そろそろ終わりなのか、茶碗《ちゃわん》の中に残る粥を集めて匙に乗せ、光太が俺に差し出してくる。

「今回の軽井沢は、ほんとに楽しい」

「……え」

ぱくり、と、スプーンを咥えた俺に、光太は相変わらず可憐としかいいようのない笑顔のまま言葉を続けた。

「毎年別荘には一緒に来るんだけど、いつもパパは仕事に追われてて、僕は独りぼっちだったんだ。でも今年は先生もいるし」

「……うん…」

喋《しゃべ》る内容も可憐だと、胸を熱くしかけた俺は、続く彼の言葉にはっと我に返った。

「そればかりか、パパとも沢山スキンシップをとってるし」

「…………」

スキンシップ——まさかそれは、二人がかりで俺を抱くことを指しているんだろうかと顔を

引きつらせた俺の前で、光太はそれは嬉しそうな顔をした。

「一緒にお風呂に入ったのなんて、もう何年ぶりかなあ」

「…………」

やっぱりそれかい——がっくりと肩を落としながら、心の中で呟いた俺に、光太はまるで屈託のない笑顔で、

「これもみんな、先生のおかげだよね」

最後にそう駄目押ししてくれ、俺を果てしなく脱力させたのだった。


それほど体調は悪くなかったが、起き上がると酷く身体がだるくて、俺は「今日は一日ゆっくり寝ててね」という光太の言葉に甘えさせてもらうことにした。

だが、昼過ぎになると、寝てるのにも飽きてきた上に腰も痛くなってきて、そろそろ起きるかとごそごそとベッドを抜け出そうとしたそのとき、またもノックの音が響いた。

「はい」

「入るよ」

ドアを開いたのは、今度は龍之介だった。光太は俺の半分くらいの年齢だから——は言います

ぎか――納得できるが、龍之介の年齢は確か三十七ではなかったかと思う。俺より年上だというのに、昨夜の行為の疲れを微塵《みじん》も感じさせない爽やかな笑顔を浮かべた彼が室内に入ってきたのに、俺はまたもぼうっとその端整な顔に見惚れてしまった。

もともと南条龍之介には十五年間、憧れ続けてきたという素地が俺にはある。彼が息子と二人、同時に俺に突っ込もうとしてくるような特殊な趣味――というのが正しい表現かはわからないが――の持ち主だとわかった今でも、俺にとって龍之介は、やはり美しい恋愛小説を書く尊敬する作家としての印象が強いのは仕方ないといえよう。

「大丈夫かい？」

龍之介は手に本を持っていた。装丁を見た俺の胸は、もしや、と酷く高鳴った。

「……ええ……」

彼の手の中の本を食い入るように見つめている俺の視線に気づいたのか、龍之介は、ああ、というように笑うと、俺にその本を差し出してきた。

「やっぱり……」

「別荘に初版本があることを思い出してね」

本を受け取る両手が震えてしまった。龍之介が差し出してきたのは、俺が彼に出会った最初の本――感動し涙したあの『夜の海　昼の星』だったのだ。しかも初版本となると、今やどのくらいの価値があるものか、想像もつかない。俺はまるで壊れ物を扱うような慎重さでそっと裏表紙をめくってみて、『第一刷』の文字にまた感動を深めた。

「そんな、大げさに扱わなくても」

あはは、と笑いながら龍之介が俺の枕元の椅子に腰をかける。

「君に謹呈するよ」

「あ、ありがとうございます！」

礼を言う声が自分でも驚くほどに弾《はず》んでいた。嬉しい――涙ぐみそうになるくらいに嬉しい、と本を抱き締めた俺を見る龍之介の目が微笑みに細められる。

「初対面で先生が、熱く語ってくれたのが本当に嬉しくてね。拙作をそんなにも愛してくれている人がいる――作家冥利《みょうり》に尽きると私も胸が熱くなったよ」

「そんな……」

じっと龍之介に見つめられ、俺の胸の鼓動がこれ以上ないというほどに速まってゆく。憧れの作家にそんなありがたい言葉をかけてもらえるなんて、と感激で胸がいっぱいになり、何も喋れなくなってしまった。

「先生」

龍之介の手が、本を抱く俺の手をぎゅっと握り締めてくる。

「……はい……」

龍之介の熱い掌に、俺の胸は更に熱くなったが、続く彼の言葉にはすうっと身体から熱が引けていった。

「昨夜は無茶して悪かったね」

「……は、はあ…」

昨夜——光太と二人がかりで俺に突っ込んできた龍之介の姿が俺の脳裏に蘇り、さあっと顔から血の気が引けてゆく。

「あんまり可愛く喘ぐものだから、つい我慢ができなくてね。身体の方は大丈夫かい？」

「……え、ええ…まあ……」

先ほどまで俺をいたく感動させた言葉を告げたのと同じ唇が、『可愛く喘ぐ』だの『我慢できない』だの、俺を最高潮に冷めさせる言葉を発するのに、俺はがっくりと肩を落とした。

憧れの小説家はやはり異常性欲者だったのか——ああ、とやりきれなさから溜め息をつく俺の手を握り締め、龍之介は、

「でも大丈夫。これから徐々に慣らしていけばいいからね」

何をだ、と突っ込むのも恐ろしいことを言ってにっこりと微笑み、更に俺の肩を落とさせたのだった。

その日の夕食はコンビニ弁当だった。作って作れないことはなかったのだが、激しく脱力していた俺は起き上がる気力をなくしてしまい、結局ベッドでごろごろと寝て過ごす一日を送ってしまった。

夜、風呂に入るときにはきっちりと浴室に鍵をかけ、就寝するときも部屋に施錠するのを忘れない注意深さをようやく身につけたものの、龍之介も光太も、その夜は俺の部屋を訪れる気配すら見せず、俺をほっとさせた。

翌朝、かなり早い時間に目が覚めたので、朝飯でも作ろうと階下に下りてゆくと、見覚えの無い老婆がキッチンに立っていた。

「あの……」

「あら、おはようございます」

笑顔で挨拶してきたのは、風邪で倒れたという別荘の管理人の奥さんらしかった。

「すみませんねえ、すっかり寝込んでしまって」

申し訳なさそうに頭を下げる奥さんに、「大丈夫ですか」と問い返すと、

「ええ、もうすっかり」

明るくそう答え、間もなく食事ができますから、と支度に戻っていった。

「……そうですか…」

よかった、と思うのに、なぜか胸にぽっかり穴が開いたような虚ろな感じがしていた。もと

もと料理がそれほど得意なわけじゃなし、そもそも俺の役目は光太の補習だ。何を俺はがっかりしているんだと首を傾げた俺の脳裏に、

『おいしい』

『本当においしいね』

にこにこと微笑みながら、俺の作った料理を平らげていた、南条親子の顔が浮かんだ。

あんな『料理』ともいえない代物を、彼らは本当に喜び、おいしそうに平らげてくれた――あのときは気づかなかったが、俺はそのことに相当感動してしまっていたのだろう。

「………」

なんだか寂しいな――気づけば大きな溜め息をついていた俺が、何を馬鹿な、とぶんぶんと頭を振って自分を取り戻そうとしたそのとき、

「あ、先生、もう大丈夫？」

明るい声が響いてきたと同時に、今日も輝くような笑顔の光太がリビングへと駆け込んできた。

「あ、ああ」

「よかった！　そうそう、重田《しげた》さんが今日から復帰してくれるんだよ」

光太は俺の腕にしがみついてきながら、キッチンに向かって「どうも」と頭を下げる。

「そうみたいだね」

「よかったあ」

光太が目を細めてにっこり笑うのに、なぜか俺の胸はちくり、と小さく痛んだのだが、そんな俺の耳元に光太は口を寄せ、小さな声で囁いてきた。

「ホントはもっと、先生の作ってくれたご飯、食べたかったんだけど」

「……」

耳朶に息を吹きかけられるような光太の喋り方のせいじゃなく、その言葉に俺の胸は自分でもどうしたのかと思うくらいに高鳴った。

「でも先生にとっては、ラクになったし、いいよね」

「……うん……」

頬に血が上ってくるのを気づかれたくなくて、相槌がやたらと無愛想になってしまったが、光太が気にした様子はなかった。

「今日は何しようか、ね、先生」

「何って勉強だろ」

擦《す》り寄ってくる彼を押しのけながらも顔が笑ってしまうのを抑えることができない。

「勉強のあと、出かけようよう」

光太が甘えた声を出しているところに、龍之介も「おはよう」と姿を現した。

「大丈夫かい？」

心配そうに眉を寄せた端整な顔に、俺の胸はまた、どきり、と小さく脈打った。

「はい」

「それはよかった」

ほっとしたように龍之介は微笑むと、光太に向かって、

「あんまり先生に無茶言うなよ」

と父親らしい注意を施《ほどこ》した。

「無茶じゃないよ。せっかく軽井沢まで来たんだから、先生に観光してもらおうかと思ってさ」

「お前が遊びたいだけだろう」

龍之介は呆れた声を出したが、

「まあ、ずっと別荘にこもりきりというのもよくないかもしれないね」

ふと思いなおしたようにそう言い、俺に笑顔を向けてきた。

「先生さえよかったら、光太の案内で軽井沢をまわってらっしゃるといい」

「……え、ええ……」

爽やかな風が吹き抜けるかのような龍之介の笑顔に思わず見惚れてしまっていた俺は、光太の、

「パパも行かない？」

という声にはっと我に返った。

「残念ながら、今日、紀谷さんが様子を見に来るらしくてね」

龍之介が肩を竦め、本当に残念そうな顔になる。

「編集さんも大変だよねえ。いくら締め切り破りの常習犯だからって、軽井沢まで様子を見にくるなんてさ」

「実の息子とは思えない厳しい言葉だな」

呆れた声を上げた光太に、龍之介がますます肩を竦め、二人は顔を見合わせどっと笑う。つられて俺も笑ってしまい、なんだか『一家団欒《だんらん》』というような雰囲気が朝食前のリビングに溢れていった。


朝食のあと、光太と俺は補習に、龍之介は原稿へと取り掛かった。俺と光太は昼食を外で食べることにして、昼前に二人して別荘を出、まずは軽井沢銀座へと向かった。

「モカソフトが食べたい」

毎年食べているのだ、と光太は俺を行列の出来ている店に引っ張っていき、そこで買ったソフトクリームを舐めながら俺たちは人通りの多い軽井沢銀座を散策した。

「先生！　見て！」

光太は本当に楽しげに笑い、俺にまとわりついてきた。俺が殆ど軽井沢に来たことがないと言うと、

「じゃあ僕が案内してあげる！」

光太は張り切り、レンタサイクルを借りて、白糸の滝や三笠ハウスまで遠出して俺に軽井沢の観光名所を紹介してくれた。

「気持ちいいーっ」

日差しは強かったが、吹き抜ける風は涼しく、光太が叫ぶように本当に気持ちがいい日だった。夕方五時を回る頃別荘へと引き返したのだが、帰り道、うっすらと日焼けした光太が赤い顔を俺に向け、

「本当に楽しかった！」

心底そう思っているのがわかるような明るい笑顔を向けてきたとき、俺の胸にはなんだかわからない、熱い気持ちが込み上げてきた。

「俺も。楽しかったよ」

答えながら、胸の鼓動が速まってくるのがわかる。どうしたことだろうと動揺している俺の腕に、光太がぎゅっとしがみついてきた。

「先生、大好き」

「……………」

俺も、と口が動きそうになることに、またも俺は動揺し、慌てて唾を呑み込んだ。

「先生？」

どうしたの、というように光太が顔を上げ、俺をじっと見上げてくる。

「な、なんでもない」

それこそどうしてしまったのか、俺が自分に聞きたいくらいだと思いながら、俺は自分の赤い顔を光太が日焼けだと思ってくれることを祈りつつ、彼と共に別荘へと戻った。

「あ、紀谷さん」

俺たちが別荘に帰りついたとき、編集の紀谷がちょうど帰ろうとしているところに遭遇した。

「やあ、光太君」

紀谷と光太は随分な顔なじみらしかった。そういえば初めて南条家を訪問した際、紀谷は俺に茶を淹《い》れてくれた。頻繁に訪れていなければできないことだろうと納得しながら、にこにこと笑い合う二人を見ていた俺は、紀谷に、

「あれ、もしかしてこの間いらした、光太君の先生ですか？」

と声をかけられ、慌てて挨拶を返した。

「その節はどうも」

「いや、こちらこそ……」

笑いながらもなぜに学校の先生が別荘になど来ているのかと訝《いぶか》っているのがわかる紀谷に、

俺がどう説明しようかと頭を悩ませている間に、光太が代わりに答えてくれた。

「僕が別荘に誘ったんだよ。ついでに勉強もみてもらいたいと思って」

「そりゃ、ひいきなんじゃないの」

あはは、と紀谷は冗談めかして笑ったあと、俺の顔をつらつらと眺め始めた。

「あの？」

「あ、失礼」

なんだ、と問い返した俺に、紀谷が悪意のない笑みを向けてくる。

「もしかして原因はあなたかな、と思いまして」

「原因？」

なんの、と首を傾げた俺に、紀谷はほら、と手にした封筒をかざしてみせた。

「このところ、南条先生の筆の進みがやたらと快調なんですよ。乗りに乗ってらっしゃるというか」

「そうなんですか」

それと俺となんの関係があるのかと更に首を傾げた俺に、紀谷は驚くべきことを言い出した。

「きっとあなたが近くにいらっしゃるからかな」

「ええー？」

そりゃないだろう、と首を横に振った俺の横で、光太までもが紀谷に同調し、俺を慌てさせた。

「あ、それあるかも」

「光太君!?」

「でしょう、ええと、前沢先生でしたっけ、南条先生の好みのタイプですしね」

「え」

さも当然のように言う紀谷の言葉に絶句した俺の腕を、光太がぐい、と引き寄せる。

「僕もタイプだもん」

「ええ?」

人前で何を言うんだ、と俺は慌てて光太の手を「やめなさい」と振り解こうとしたのだが、紀谷はまったく動じる素振りを見せなかった。

「それも勿論わかってましたよ」

「紀谷さん、鋭いなあ」

あはは、と屈託なく笑う光太と、にこにこと俺と光太をかわるがわる見ながら微笑む紀谷の間で、俺の笑顔だけがひきつっていた。

「次の新作、素晴らしい作品になりそうですね」

紀谷はよかったよかった、と頷くと、「それじゃあ」と爽やかに手を上げ、別荘のドアを出ていった。

「……光太君」

「なに?」

バタン、とドアが閉まった瞬間、俺は思わず光太に確認してしまった。

「き、紀谷さんって、知ってるのかな。南条先生が……」

ホモ、というのもストレートすぎるし、アブノーマルではあまりに失礼だし、なんと言おうかと一瞬口を閉ざした俺に、光太はあまりにあっさりと、

「ああ、パパが男が好きってこと? 知ってるよ」

ストレート中のストレートな表現をしてみせ、俺を絶句させた。

「な……」

「因《ちな》みに僕もゲイだって知ってるよ」

「そ、そう……」

光太が『ゲイ』であることを俺は今知った、と思いながら相槌を打った俺に、光太は更に凄いことを言い出し、俺を打ちのめした。

「でもさすがに、親子で先生を抱いてることまでは気づかないと思うよ」

「ばっ……」

馬鹿な、と思わず大声を上げそうになった俺に、光太は屈託なく笑いかけてきた。

「たとえ知ったとしても、紀谷さんは寛大な人だから、気にしないと思うけどね」

「……っ」

寛大ってそういう意味じゃないだろう、と言い返す気力はもう俺にはなかった。

「ご飯にしよう」

度重なるショックに倒れそうになりながら、俺は光太に腕を引かれるままリビングへと向かった。


原稿の進みがいいからか龍之介は上機嫌で、夕食のとき年代ものだという、多分レストランで飲んだら六桁はしそうな赤ワインをあけ、俺にも勧めてくれた。

「僕も飲みたいなあ」

「未成年は駄目」

龍之介は砕けているようで、その辺は本当に厳しく光太をしつけていることがまた俺を驚かせた。

「ケチ」

光太も大人しく龍之介の言うことを聞き、ジュースを飲んでいるのがまた微笑ましい。さすが本職の家政婦さんが作ってくれた夕食はとても美味しく、飲みなれない高級ワインもまた美味で、食事が終わる頃には俺はすっかりいい気分になっていた。

「先にお風呂入ってくる」

まだワインが残っていると、リビングのソファに移動した俺と龍之介に光太はそう言い、一人浴室へと向かっていった。

「結構焼けたな」

光太の後ろ姿を見ながら微笑む龍之介は、当然のように俺の横へと腰掛け、俺の肩を抱いてきた。

「……そうですね」

どき、と胸が高鳴るのは、ワインの酔いのせいだろうか。近くに寄せられた龍之介の、意外に長い睫《まつげ》に縁取られた黒い瞳を見上げるうちに、俺の胸の鼓動はますます高鳴っていった。

「君も焼けたね……ああ、酔って赤くなっているのかな」

くす、と笑った龍之介の視線が、俺の顔から首筋へと下がってゆく。ぞくり、とした刺激が背筋を上ってきて、身体の内に熱が籠る。一体どうしてしまったんだと慌てたあまり、俺は何か喋ろうとして、あまり考えなしに口を開いた。

「そ、そういえば、お仕事、順調だそうで」

紀谷との会話が頭に残っていたからだろう。素《す》っ頓狂《とんきょう》な声でそう言う俺に、龍之介は一瞬驚いた顔をしたあと、またにっこりと、黒い瞳を細めて微笑んだ。

「ああ」

龍之介の顔がまた一段と俺に近づけられる。

「君のおかげだよ」

「……え……」

肩を抱く龍之介の手にぐっと力が込められたのがわかったとき、俺の身体はびくっと大きく震えていた。

「……君がそばにいてくれると、自分でも驚くくらいに筆が進む。君の存在が僕に、書きたい、という衝動を起こさせるんだ」

「そ、そんな……」

信じられない——呆然としていた俺の前で、龍之介の瞳の星がきらきらとまぶしいくらいに輝いていた。

「本当だ……君がいてくれて本当によかった」

「……先生……」

龍之介の唇が、ゆっくりと俺へと近づいてくる。キスされる、と思ったが不思議と避けようとは思わなかった。酔いがそうさせるのか、頭の中に靄《もや》がかかったようで何一つ考えることができない。

「……正規君…」

龍之介の唇が俺の名を呼ぶ。掠れた低いその声を聞いた瞬間、俺の胸はこれ以上はないほどに高鳴り、身体の内に籠った熱が肌の外へと噴き出すほどに燃え上がったのだったが——。

「いけない」

触れそうなところまで近づいてきた龍之介の唇が、すうっと遠のいていったのに、俺は思わず、

「え」

と戸惑いの声を上げていた。

「キスだけじゃ我慢できなくなる」

龍之介が苦笑し、抱いていた俺の肩をぽん、と叩く。

「……あの……」

何を言ってるのかわからない、と首を傾げた俺の頭には、未だ靄《もや》がかかったままだった。首を傾げた俺の頬に、龍之介の指先が触れる。

「光太と約束したんだ。先生に無理をさせるのはよそうってね」

「……あ……」

龍之介の指が名残惜しそうに俺の頬から退いてゆく。それを見つめる俺の胸にも『名残惜しい』という気持ちが膨らんでいった。

「今日も出かけて疲れたでしょう。ゆっくり休むといい」

ね、と龍之介が微笑み、先にソファから立ち上がる。

「……おやすみなさい……」

俺ものろのろと立ち上がり、龍之介の前で頭を下げた。

「よい夢を」

そんな俺の手を握り、龍之介がにっこりと微笑んでくる。

「……先生も」

俺が答えると、龍之介は俺の手を自分の口元まで持ってゆき、手の甲に唇を押し当ててきた。

「……っ」

熱い感触に俺の身体がびくっと大きく震える。

「好きだ」

「………」

呆然と立ち尽くしていた俺に龍之介は低くそう告げると、再び、触れるようなキスを俺の手に施し、そっと手を放した。

「……お、おやすみなさい」

よろよろ後ずさったあと、俺はなんとかそれだけ口にすると、リビングを飛び出していた。

「先生？」

階段の上から光太の驚いた声が響いてきたが、彼の方を見ることはできなかった。全速力で階段を駆け上がり、自分の部屋へと飛び込むと、俺はベッドにどさっと倒れ込んだ。

「………」

胸の鼓動は自分でも驚くくらいに高鳴っていた。気づかないうちに何度も何度も、龍之介の唇が触れた手の甲を擦っていた俺は、自分の行為に我に返ると、がばっとベッドから身体を起こした。

『好きだ』

煌めく龍之介の瞳が俺の脳裏に蘇る。

『先生、大好き』

同時に俺の頭には、光太の可憐な笑顔が浮かんでいた。

どうかしている——早鐘のように打つ胸の鼓動を持て余し、またも俺はベッドにどさっと身体を落とすと、上掛けに包まり目を閉じた。

ただ酔っ払っているだけだ。落ち着け、落ち着け、と自分に言い聞かせている間にも、俺の頭には龍之介の優しげな微笑が、光太の屈託のない笑顔が次々に浮かび、俺の鼓動をますます速めていった。

『先生……』

胸を這う光太の掌の感触が、俺の身体に蘇る。

『君の身体は貪欲だね』

龍之介のいやらしい言葉とともに、後ろに挿入される彼の繊細な指の感覚が、俺の身体を熱くしていた。

「………」

上掛けの中で、俺はシャツをめくりあげ、ジーンズの前を開いていった。自分の手で胸を弄りながら、既に勃ちかけていた雄を掴み、ゆっくりと扱き上げ始める。

「あっ……」

唇から漏れる声は、自分でも驚くほどに甘かった。きゅっと自分の胸を抓る俺の頭に、光太の紅潮した頬の幻が過《よ》ぎる。

「…ん……っ……んんっ……」

雄を扱く手は、俺の頭の中で、龍之介の手になっていた。くちゅくちゅと濡れた音が布団の中に響き渡り、俺を一気に昂《たか》めてゆく。

「あっ……はぁっ……あっ……」

雄を扱き上げるたびに腰が揺れたが、何かが足りなかった。もどかしくくねる腰を持て余しながら自慰を続けていた俺の手が、胸から背へと回ってゆく。

「………ん……」

ジーンズを下着ごと膝まで下ろしたあと、俺の指はためらいもなく自身の後ろへと向かっていった。ずぶり、と指先を挿入したとき、俺の中で何かが弾け、全ての抑制がきかなくなった。

「あっ……はぁっ……あっ……」

自分で自分の中をぐちゃぐちゃと勢いよくかき回しながら、激しく前を扱き上げる。ぎゅっと目を閉じた向こうに俺は、幻の二人の姿を思い描きながら、ただただ両手を動かし続けた。

「あぁっ…あっあっあっ」

熱く滾《たぎ》るそこが俺の指を締め上げ、ひくひくと激しく蠢《うごめ》いている。欲しいのはもっと太いものだという思いに捉われそうになるのを振り切るように、俺は一気に己を扱き上げた。

「あぁっ…」

頭の中が真っ白になった、と同時に俺は達し、自分の手の中に精を吐き出していた。

「………ぁ……」

ひくつく後ろが、俺の指を一段と強く締め上げる。はあはあと乱れる息が整っていくうち、一体俺は何をしていたんだと不意に素に戻り、叫び出したくなるような羞恥に襲われた。

こんな——自慰をすることくらいはままあったが、自慰の最中、自分で胸を弄ったり、何より後ろに指を挿れたりするなんて、俺はどうしてしまったのだろう。

『あっ……あっあっあっ』

物欲しげに腰を揺らし、自分で自分の内を抉っていた姿を想像する俺の頭からさあっと血の気が引けてゆく。

異常だ——あまりに異常だ。

よろよろと俺は起き上がり、下着を、そしてジーンズを引き上げた。途端に俺の後ろがひくひくと蠢き、ますます俺を追い詰めてゆく。

帰ろう——。

一番に頭に浮かんだのはその言葉だった。この別荘が、光太と龍之介と二人、一つ屋根の下にいることが、俺をおかしくさせているのだ。

東京に帰ろう。帰ればきっと、俺は自分を取り戻せるに違いない。

よし、と俺はベッドから抜け出すと、まず手を洗ってから服を着替え始めた。この別荘に連れてこられたときのスーツを着込み部屋を出る。

『好きだ』

『先生、大好き』

龍之介の告白に、光太の囁きに、胸を高鳴らせること自体、どうかしていたんだと思いながら俺は階段を下り、まっすぐに玄関へと向かった。一言挨拶するべきかとは思ったが、一秒でも早くこの別荘を出たい気持ちが勝り、二人には何も告げずに出てゆくことにした。

早く東京に帰ろう。帰らなければ——あまりに思いつめていたためか冷静さの欠片もない判断が俺の身体を動かしていた。焦るばかりで、なかなか玄関の鍵が外れない。ようやく三箇所にわたる鍵を見つけ、扉を開いたそのとき――。

「先生、どこ行くの」

背中から響いてきた声の主が俺に駆け寄り、腕をがしっと摑まれた。

「……どうしたの？」

「光太君……」

訝しげに眉を顰めた光太の視線を俺は受け止めることができず、その場で項垂れてしまったのだった。

6

光太《こうた》が俺の腕を引き、リビングへと連れてゆく。

物音を聞きつけ、まだ仕事中だったらしい龍之介《りゅうのすけ》が二階から下りてきて、俺と光太の前に立った。

「どうした」

「先生が出て行こうとしてた……」

光太が俺の腕を握ったまま、ぽつり、と龍之介にそう告げる。

「出てゆく？」

心底驚いた顔になった龍之介が一歩を踏み出し、項垂《うなだ》れる俺の顔を覗き込んできた。

「本当かい？」

「…………」

俯《うつむ》いたままの俺の顎《あご》に龍之介の手が添えられ、顔を上げさせられる。びく、と身体が震えてしまったのに気づいた光太が、まるでその震えを押さえ込もうとでもするかのように、ぎゅっと俺の腕を掴む手に力を込めてきた。

「なぜ、やぶから棒に出て行くなどと」

龍之介が真っ直ぐに俺の瞳を見つめてくる。

「そうだよ、てっきり先生も別荘での暮らしを楽しんでくれていると思ってたのに」

違ったの、と光太も俺の腕を引き、顔を覗き込んできた。

「…………」

楽しんでいた――確かに今日、光太と一緒に軽井沢を散策したとき、俺の胸には『楽しい』としかいいようのない気持ちが溢れていた。

「何が気に障《さわ》ったのかな？　よかったら聞かせてくれないか」

真摯《しんし》な瞳で俺の顔を覗き込んでくる龍之介と、今晩ワイングラスを合わせたとき、気に障るどころか胸が高鳴る想いがしたのも事実である。

それでも――。

「先生、何がいやになったの」

光太が本当に哀しげな瞳で俺の顔を覗き込む。

「僕のこと、嫌い？」

「………いや……」

もしも嫌いであるのなら、俺はこんなにも追い詰められはしなかったと思う。もともとクラスの中では一番といっていいほど、光太は俺になついてくれていた。可愛い生徒だと思っていたし、今もその気持ちは失せてはいない。

失せるどころか——項垂れたまま、小さく首を横に振る俺に、今度は龍之介が静かな声で問いかけてきた。

「私の言葉が、君を傷つけたのだろうか」

「……いえ……」

傷つくどころか、長い間憧れていた龍之介にかけてもらった言葉のひとつひとつを思い出すたびに、感動で胸が熱くなるほどだった。またも小さく首を横に振った俺の腕に、光太がぎゅっと強い力でしがみついてきた。

「それならどうして？　ねえ、先生、どうして出て行こうなんて思ったの」

「……」

どうして——理由を口に出すことは俺にはとてもできなかった。二人に抱かれたときのことを頭に思い描きながら、つい自慰をしてしまった。それがどうにも耐えられなかった、などと、人に言えるわけもない。

「行かないでよ、先生、お願いだよ」

光太が潤んだ瞳を俺に向け、更に強い力で俺の腕にしがみついてくる。

「私からも頼みたい。留《とど》まってはもらえないかな」

龍之介の手が俺の頬を包み、俺の顔を上げさせた。

「僕とパパと、ここで楽しい夏を過ごそうよ」

ね、と光太が俺の顔を覗き込んでくる。

『僕とパパと』――その言葉を聞いた途端、光太と龍之介、彼らの四本の手に身体を弄られているときの感覚が不意に俺の内に蘇《よみがえ》り、堪らず俺は彼らの手を振り解いてしまっていた。

「先生？」

戸惑ったような光太の声がし、彼の手がまた俺の腕へと伸びてくる。またも幻の四本の手が俺の身体を撫で上げる錯覚に陥りそうになってしまった俺は、思わず大きな声を上げていた。

「よせっ」

「先生、どうしたの？」

「正規《せいき》君、どうしたっていうんだ」

光太の顔にも龍之介の顔にも、戸惑いが表れている。俺自身、自分自身に戸惑いを感じていたのだが、言葉は止まらなかった。

「やっぱり異常だ！」

酷く上擦った俺の声に、心底驚いた顔になった二人が口々に問いかけてきた。

「異常？」

「何が異常だと言うんだい？」

それぞれに一歩ずつ俺へと歩み寄ってくる彼らに、俺の脚は数歩後ろへと下がる。

「もしかしてセックスのことかな？」

龍之介の手が伸びてきて俺の腕を摑もうとする。ずばりと言い当てられたことがまた俺の頭に血を上らせ、自分でもほとんど訳がわからない状態に俺を陥らせていった。

「二人がかりで抱くなんて、やっぱり異常だ！」

叫んだ俺の声に、光太が心底意外そうな顔で首を傾げる。

「そうかな」

「セ、セックスは普通、二人でするものじゃないか」

男同士という時点で充分『普通』ではないのだが、そう正さずにはいられないほど、光太は不思議そうな顔をしていた。

「まあ、そりゃあそうだけど……」

ようやく納得した顔になった光太の横で、

「ケース・バイ・ケースだよ。何が正常、何が異常なんてことはない」

龍之介が息子に、そして俺に言い聞かせるようにそんなことを言い始める。

やっぱり異常だ——俺の頭の中では『異常』という言葉がぐるぐると渦巻いていた。

多分俺は、自分を『正常』と思いたいあまりに、『異常』を外に見出したかったのだろう。

「異常だ！　こんな異常なことに、俺はもう耐えられないんだ」

異常と連呼することで、自分は違う、という意識を持ちたかったに違いない俺の叫びは、だが、南条親子にはかなりの衝撃を与えたらしかった。

「……二人で先生を抱いたことが、いやだったの？」

光太がおずおずと俺に問いかけてくる。

「……ああ……」

違う、という声が頭の中で響いていたが、俺の首はこくり、と縦に振られていた。

「それじゃ、明日から一人ずつにする。それならいいでしょ、ね、先生」

光太が一歩を踏み出してくるのに、更に違う、と俺は今度ははっきりと首を横に振った。

「一人ずつとか二人一緒とか、そういう問題じゃないんだ」

「……どういうこと？」

光太はわからない、というように眉を顰《ひそ》めたが、続く俺の言葉には大きく頷き相槌《あいづち》を打った。

「普通、好きな相手としかセックスしないだろう」

「勿論《もちろん》！」

「普通、好きな相手は一人だろう」

「……え……」

俺の問いに、光太が息を呑んだ気配がした。

「……」

目の前で龍之介も虚を突かれたような顔になる。沈黙が俺たち三人の上に訪れ、室内の壁にかけられた時計の音だけがやけに大きく響いていた。

「……先生は、僕たちのことが嫌いなんじゃないんだよね」

沈黙を最初に破ったのは光太だった。ぼそり、と小さく問いかけながら、上目遣いに俺を見る。

「……ああ……」

頷いた俺に光太は一瞬ほっとした顔になったあと、またすぐに表情を引き締め、俺の顔を覗き込んできた。

「じゃあ、どっちか一人ならいいってこと？」

「……え……」

真摯な瞳に見つめられ、俺は一瞬言葉に詰まった。光太がそんな俺の腕を掴み、再び同じ言葉を繰り返す。

「僕かパパか、どっちか一人だったら、先生は大丈夫なのかな」

「………」

改めて問い掛けられ、俺は混乱してしまった。

二人がかりで抱かれることへの嫌悪——実際嫌がっているのかと問われれば答えられなかったと思うが——を感じはしたが、一人なら、などと俺は考えたことがなかった。

光太か龍之介、どちらか一人に組み敷かれるのであれば、俺はこんなにも自身を追い詰めずに済んだ、ということなのだろうか――。

「それなら、どちらか選んでくれていいから」

光太の硬い声に、自身の思考に捉われてしまっていた俺は、はっと我に返った。

「…え…？」

「光太」

驚きの声を上げた俺の前で、龍之介も驚いたように息子の名を呼んだ。光太は俺と龍之介をかわるがわる見やったあと、強張った顔のまま再び口を開いた。

「僕かパパか――先生が好きだと思う方を選んでくれていいから」

「………え………」

光太と龍之介、どちらかを選ぶ――それこそ俺にとって、まったく考えたことのない選択肢だった。混乱していた俺の頭は益々《ますます》こんがらがっていき、『どうしよう』という言葉以外、何一つ頭に浮かんでこない。

「僕とパパ、どっちが好き？」

光太が真剣な顔のまま、俺へと一歩近づいてくる。

「あ……」

好き――俺は光太と龍之介、どちらのことが好きなのだろう。

そもそも俺は二人を『好き』なのだろうか。光太の屈託のない笑顔を見つめるときのあの胸の高鳴りは、龍之介に触れられたときにカッと身体が熱くなるあのときめきは——俺が彼らを好きだと思っているからなのか——？

「……………」

どうしよう——またも俺の頭に浮かんだ言葉はその一言だった。俺はいつの間に、彼らに対して『好き』などという感情を抱き始めてしまっていたのだろう。光太を可愛いと思い、作家の龍之介に憧れを抱いてはいたが、自分が彼らに対してそれ以上の気持ちを持ち始めていたということに初めて気づき、俺は衝撃を受けてしまっていた。

彼らに無理やり押さえつけられ、抱かれることを嫌がっていたんじゃないのか。二人がかりで喘がされ続け、失神してしまうような行為を嫌悪してたんじゃないのか。

いつの間に俺は彼らに——。

「……………」

彼ら、という言葉が浮かんだとき、頭を酷《ひど》く殴られたような衝撃が俺を襲った。

彼ら——光太に対しても、龍之介に対しても、俺は好意以上の感情を抱いてしまっている——？

そんな、と思わず足がよろけた俺に、

「あぶない」

二人が同時に声をかけ、がしっと腕を掴んできた。

「あ……」

二本の手に両腕を摑まれ、びくっと身体が震えてしまう。嫌がっているから、というよりは続いていた動揺が俺の身体を震わせたのだが、光太も龍之介も何を思ったのか、そっと俺から手を離した。

「……先生、どっちが好き？」

光太が殆ど泣きそうな顔になりながら、俺の顔を覗き込んでくる。

「……」

彼の可憐な泣き顔を見る俺の胸もなぜか締め付けられるように痛み、何か言おうと口を開きかけたが、唇にのせるべき言葉を、俺は何一つ思いつかなかった。

ふたたび沈黙が俺たちの上に訪れる。

どうしよう——百万回くらい心の中で呟いた言葉が、俺の頭の中でぐるぐると回っている。彼らが俺の答えを待っていることは考えるまでもなくわかっていたが、その『答え』が少しも思いつかないのだ。

光太か龍之介、俺はどちらが好きなのだろう——どちらもじゃないか、という考えが頭に浮かぶのを、そんな馬鹿な、と激しく首を横に振って追い出そうとしたそのとき、

「……先生を困らせるものじゃないよ」

静かな龍之介の声が響き、俺も、そして光太もはっとして彼へと視線を向けた。

龍之介は穏やかな微笑を浮かべた顔を俺たちそれぞれに向け、ゆっくりと頷いてみせる。

「もう夜も遅い。夜が明けてから、ゆっくり話し合おうじゃないか」

「………パパ……」

龍之介の言葉に光太は何か言いかけたが、やがて「わかった」と小さく頷いた。

「先生もね、こんな夜中では帰る術もないでしょう。ゆっくり休んで、明日また落ち着いて話をしましょう」

ね、と龍之介に顔を覗き込まれ、確かに移動手段が何もないと今更そのことに気づいた俺も、わかった、と首を縦に振る。

「それじゃあ、おやすみなさい」

龍之介は俺の肩を叩こうと手を伸ばしかけたが、はっと何かに気づいた顔になると、上げかけた手をぎゅっと握って下ろしてしまった。

「……おやすみ」

光太も俺にそう笑いかけたあと、何か言いたそうな素振りをしたが、結局何も言わずにそのまま俺から目を逸《そ》らしてしまった。

「おやすみなさい」

二人に応える俺の胸には、よくわからないもやもやとした感情が渦巻いていた。俺の足が動くのを光太も龍之介もじっと見守り、動き出そうとしない。俺は彼らの視線に耐えられず、のろのろと階段に向かって歩き始めた。

「……」

階段を上りきり階下を見下ろしたとき、じっと俺の様子を見つめていたらしい龍之介と光太が、俺に向かって「おやすみ」と微笑んできた。

「……おやすみなさい」

再びそう挨拶を返した俺の胸の中のもやもやが増す。

真っ暗な部屋に入り、ドサッとベッドに倒れ込んだとき、俺は自分が今、どんな気持ちでいるのかにようやく気づいた。

俺に触れることを躊躇《ためら》った龍之介に、言いたいことを我慢していた光太に、俺はやるせない、としかいいようのない思いを抱いてしまっていたのだった。

なぜそんな感情が胸に溢れているのか、自分で自分がわからない。

『……先生、どっちが好き?』

泣き出しそうな光太の顔が、

『……先生を困らせるものじゃないよ』

穏やかな微笑を湛《たた》えた龍之介の顔が、次々と俺の頭に蘇る。

明日、俺は選択を強いられるのだろうか。二人のうち一人を選ばなければならなくなるのだろうか。

一体俺は、二人のうちのどちらを好きだと思っているのだろう――どちらもじゃないか、という言葉がまた俺の頭に浮かび、俺を狼狽《ろうばい》させてゆく。

もうどうしたらいいのかわからない――悶々《もんもん》と悩み続けるうちに、それでも俺は睡魔に襲われ、いつの間にか眠り込んでしまったようだった。

翌朝、俺が目を覚ましたのは日も高く昇った頃だった。前日の夜、飲んだワインのせいか酷く頭が重い。

いよいよ夜が明けてしまった――のろのろと起き出す俺の口からは大きな溜め息が漏れていた。

『夜が明けてから、ゆっくり話し合おうじゃないか』

昨夜の龍之介の言葉を思い出したからである。

ゆっくり話し合った結果、俺は龍之介か光太、どちらかを選ぶことになるのだろうか。選ぶ、といわれてもその方法も、勿論答えも、まるで俺の頭に浮かんでこない。

どうしたらいいんだと思いながらも、いつまでも部屋に閉じこもっているわけにはいかないと俺は顔を洗い、着替えて階下に下りた。

「あ、おはようございます」

九時を回っていたので、当然龍之介も光太も起きているだろうと思っていたが、二人の姿はリビングにはなかった。ダイニングテーブルに一人ぽつん、と座っていた家政婦の重田《しげた》さんだけが俺を迎えてくれたのだが、彼女は俺を見てほっとした顔になった。

「あの？」

「お二人ともまだ、お部屋から出てらっしゃらないんですよ」

こんなことは滅多にないのだけれど、と心配そうな顔になる彼女を前に、俺の胸にはなんともいえない嫌な予感が湧き起こった。

「ちょっと見てきます」

慌てて俺はまた階段を駆け上ると、まず光太の部屋をノックした。何度ノックしても中からは何の応答もない。

「入るよ」

一応声をかけ、ドアを開けた俺は、がらん、とした室内の様子に、まさか、と思いながら部屋へと駆け込んだ。

「光太君？」

見渡す限り彼の姿はない。と、いつも勉強を見てやっている机の上に、ぺらりと紙が一枚、置かれているのに気づいた。机に駆け寄り、紙を取り上げた俺は、それが俺への手紙だということに気づき、慌てて読み始めた。

『前沢《まえざわ》先生へ

昨夜は、僕かパパかどちらか選んで、なんて言ってしまったけれど、よく考えてみたら先生に選ばれたとしても、選ばれなかったとしても、僕にとっては辛いことにかわりはないと気づきました。

先生が僕を好きだと言ってくれればそれは嬉しいけれど、そうなると選ばれなかったパパが悲しむことになる。

パパが選ばれたら、パパと先生を祝福したいとは思うけれど、僕の先生を好きだという気持ちは変わらないし、きっと傍にいて辛くなってしまうと思う。

だからもう、僕は先生を諦めようと思います。パパは先生が来てから、本当に楽しそうに仕事をしている。先生のことが本当に好きなんだと思う。

僕にとっては先生もパパも同じくらい大切な存在なので、そんな大切な二人に幸せになってもらうことが、僕にとっても幸せなことなんじゃないか、と考えることにしました。

パパと幸せになってください。僕は一足先に東京に戻ります。

先生を諦めることにはしたけど、まだ未練たらたらなので、暫《しばら》く離れていようと思います。

パパと二人、楽しい夏休みを軽井沢で過ごしてください。

光太』

何度も書いては消したあとがある鉛筆書きの手紙を前に、俺は言葉を失ってしまっていた。

これは一体どういうことなのか——光太は俺の知らないうちに、別荘を出て行ってしまったのか？　俺を父親に譲って？？

「そんな……」

紙片を手に立ち尽くしてしまっていた俺は、こうしてはいられないと光太の部屋を飛び出し、龍之介の書斎へと向かった。

「すみません！　先生！」

ダンダンダンとドアを乱暴に叩いたが、応答がない。またも「まさか」という嫌な予感が俺を捉え、ドアを開けた俺は、この室内もがらん、としていることに唖然としてしまった。

「先生？」

呼びかけながら足を踏み入れた書斎も無人だった。奥の間が寝室になっていることに気づき、入ってみたがベッドには寝た形跡もなかった。

綺麗に片付いた机の上には一枚の紙片が置いてある。俺はおそるおそる近づいて行き、置かれた紙を手にとった。

『前沢正規様

一晩寝ずに考えたのだが、ここは私が身を引こうと思う。

光太のあんな楽しげな様子を見るのは久しぶりだった。彼の笑顔を曇《くも》らせたくはない。

光太と二人、別荘で楽しい夏を過ごしてください。

遠くから君たちの幸せを見守っています。

重光《しげみつ》』

「なんだってー?」

これも書き置きだ、と俺は光太の部屋から持ってきた紙片と、今、手の中にある紙片を代わる代わる見やり、呆然と立ち尽くしてしまっていた。

さすが親子、などと感心してはいられなかった。龍之介も俺が知らないうちに別荘を出て行ってしまったのか、と俺は慌てて階段を駆け下り、

「あの??」

声をかけてきた重田さんを尻目に玄関の扉を開いた。

「………」

乗ってきた龍之介の車が消えている。そんな、と俺はまた室内に取って返し、

「どうなさったんです?」

走り回っている俺におろおろと声をかけてきた重田さんを振り切って、再び階段を駆け上り光太の部屋に飛び込んだ。

「………」

室内には彼の荷物は殆ど残っていなかった。そんな、と思いながら今度は龍之介の書斎に入

り、彼が別荘に持ってきたトランクが消えていることを確認して愕然となる。

やはり二人は別荘を出て行ったのだ。お互いがお互いに俺を譲って――。

「そんな漫画みたいな……」

へなへなと龍之介の書斎の床に座り込んでしまいながら、俺はまた彼らがそれぞれに残していった書き置きを前に深く溜め息をついた。

『パパと二人、楽しい夏休みを軽井沢で過ごしてください』

『光太と二人、別荘で楽しい夏を過ごしてください』

殆ど同じ文面を書いた親子は、このとき何を考えていたのだろうか――。

「………どうすりゃいいんだ」

途方に暮れる、というのはまさにこの状態を言うのだろう。頭の中にぐるぐると光太や龍之介のさまざまな顔が、仕草が、声が浮かんでくる。

「あのお」

家中を駆け回っていたと思ったら今度は階下に下りてこない、と、俺を心配したらしい重田さんが、書斎のドアの向こうからおずおずと声をかけてきたのに、俺ははっと我に返った。

「あのお、南条先生と坊ちゃまは……」

「それが……」

一体なんと答えればいいのだろう、と俺は頭を抱えてしまいそうになりながらも立ち上がろうとし――。

「……っ」

不意に視界がぐらり、と回ってしまうほどの大きな眩暈《めまい》に襲われ、蹲《うずくま》ってしまった。

「あの？？」

重田さんが慌てて俺に駆け寄ってきたのがわかったが、そのときには俺の目の前は真っ暗になってしまっていて、喋ることもできなくなった。

「あの？？　もしもし？？」

考えてみれば彼女には名乗ってすらいなかった――そんな呑気な考えが頭を掠めたのを最後に、俺はその場に崩れ落ちたまま気を失ってしまったようだった。


目覚めたとき、俺は龍之介のベッドに寝かされていた。重田さんが俺をそこまで引き摺《ず》っていってくれたらしい。

「大丈夫ですか？」

心配そうに俺の顔を覗き込んできた彼女の横には、見覚えのない白衣の男がいた。重田さんがつい数日前まで世話になっていた、このあたりに住む医者だということだった。

「かなり熱が高いですね。風邪でもないようですし、一体どうしたのか……」

知恵熱のようなものでしょうかね、と言い、二、三日安静にしているようにと解熱剤を注射してくれた医者が帰ったあとは、重田さんがお粥《かゆ》を運んできてくれた。

「すみません」

改めて自己紹介をし、世話になった礼を言った俺に、

「坊ちゃまの学校の先生でしたか」

重田さんは納得したように頷くと、粥を食べさせようかと申し出てきた。

『はい、あーん』

光太が嬉しそうな顔をしながら、俺にスプーンを運んでくれたときのことが一瞬俺の頭に蘇る。

「前沢先生？」

ぼうっとしていた俺は重田さんに声をかけられ、はっと我に返った。

「だ、大丈夫です」

「そうですか」

重田さんは俺に粥の乗った盆を渡してくれながら、「それにしても」と品のいい顔を曇らせた。

「先生も坊ちゃまも、一体どこへいらしてしまったんでしょう」

「……東京へ帰ったのかも……」

俺の言葉に重田さんは、

「今まで私どもに何も言わずに、お帰りになることはなかったんですけどねえ」

腑《ふ》に落ちない顔でそう言うと、

「あとでご自宅にお電話を入れてみます」

と言い置き、部屋を出ていった。

「………」

粥を掬《すく》って一口食べてみたが、なんだか食欲が湧かずに俺はベッドサイドのテーブルに盆を置き、ごろり、とベッドに寝転がった。

『あ、ごめん。ふーふーってやるんだっけね』

光太がふーふーと可愛い口を尖らせ、息を吹きかけて冷ましてくれた粥はレトルトのものだったけれど、料理上手な重田さんが作ってくれたものよりよっぽど美味しかったような気がする——心の中で重田さんに『すみません』と手を合わせながら俺は天井を見上げ、はあ、と溜め息をついた。

『先生』

明るい光太の笑顔が、

『正規君』

俺の名を呼ぶ龍之介の優しげな瞳が、瞼《まぶた》の裏から消えてくれない。

「…………」

また熱が上がってきたような気がして、俺は上掛けに包まり目を閉じた。

光太は、そして龍之介は、今どこで、何を思っているのだろう――まるでヒントがないこの問いに、俺が答えを出せるわけもなかった。

やはり風邪もひいていたようで俺の熱はなかなか下がらず、それから三日間、俺は主のいなくなった別荘で重田さんの手厚い看護を受けることになった。

7

三日間南条家の別荘で寝込んでしまったあと、主のいない別荘にいつまでも留まっているわけにはいかないと、俺も東京に帰ることにした。

重田さんが東京の南条家に何度か連絡を入れたらしいが、留守番電話で誰も応答しなかったとのことだった。

「お二人とも一体、どちらへいらしてしまったんでしょうねえ」

心配です、と眉を顰める彼女に、彼らの行方がわかったら連絡すると約束し、世話になった礼を言って俺は軽井沢をあとにした。

東京に帰ってすぐ、俺は目黒の南条家に行ってみたが、門は固く閉ざされていて、いくらインターホンを押しても誰も応えてはくれなかった。

『僕は一足先に東京に戻ります』

光太の書き置きにはそう記されてあったのに、と俺は随分長い間、南条家の門の前で彼が、または龍之介が姿を現すのを待ったのだが、何時間経っても誰も帰ってくる気配はなく、近所の住民に訝《いぶか》しげな視線を向けられてしまい、すごすごと家に戻ったのだった。

久々に自分の部屋に帰ったあと、俺は何一つやる気になれず、ごろごろと寝て過ごしていた。目を閉じると光太の、そして龍之介の顔が浮かんでくる。

『先生、大好き』

頬を赤らめ、煌《きら》めく瞳で告げる光太の明るい笑顔が、

『君がそばにいてくれると、自分でも驚くくらいに筆が進む』

嬉しげに目を細めて微笑んでみせた龍之介の端整な顔が、俺の脳裏に蘇っては、俺をやりきれない思いにさせてゆく。

一体二人はどこへ姿を消してしまったというのだろう。書き置きの文面からすると別々に別荘を出て行ったとしか思えないのだが、今も行動を別にしているのだろうか。

別だとなると、成人している龍之介はともかく、まだ十七歳の光太の行方が気になった。あんな可愛らしい顔をした男の子が家にも帰らずふらふらしていれば、どんな危険な目に遭うかわかったものではない。

捜索願を警察に出した方がいいだろうか。だが身内でもない俺がそれをするのは僭越《せんえつ》だろうか。

まずはクラスの光太の友人に連絡をとってみよう。誰かと一緒にいるかもしれないし、行方に心当たりがあるかもしれない、と俺は光太が仲良くしていると思われる生徒の家数軒に電話してみたのだが、さすがお坊ちゃま学校、かける家かける家、バカンスに出かけたのか留守で、

ようやく電話が繋がった光太の友人には、

「え？　光太は毎年軽井沢に行ってるんじゃないの？」

と逆に問い返され、こりゃ駄目だ、と俺は受話器を置いた。

友人たちがつかまらないとなると、こうなったら警察しか頼るところはないか、と俺は明日届けを出しに行こうと心を決めた。

僭越かもしれないが、何か起こってからでは遅いのだし――そう固めた俺の決意は結局無駄になった。

何か起こってからでは遅い――まさにその通りで、その日の夜中、俺は教頭からの電話に叩き起こされたのだ。

「な、なんですか」

深夜二時過ぎで熟睡していた俺の耳元では、教頭が絶叫していた。

『いいからすぐ新宿署の少年課に行ってこい！』

「ええ？」

少年課、と聞いたとき、まさか、と嫌な予感に襲われた。

「も、もしかして南条君が何か……」

違っていてくれ、と祈るような気持ちで電話の向こうに問いかけた俺は、教頭の驚いた声に、そんな、と言葉を失った。

『そうだ、その南条だが、なんでそれを知ってる？』

「……」

やっぱり——寝ぼけていた俺の頭は今やこれ以上はないほどに覚醒していた。彼が一体どんな目に遭ったのか、無事なのかどうか、それだけが気になり、まとまらない頭ながら俺は必死で教頭に状況を尋ねた。

「光太は……南条君は無事なんですか？　一体彼の身に何が起こったというんです？」

『何もかにも、本当に学校始まって以来の不祥事だよ』

この数週間の間に教頭にとって二つ目の『学校始まって以来の不祥事』——ちなみに一つ目は、生徒相談室で俺が光太に組み敷かれていたことだ。教頭は俺が彼を押し倒したと思ったらしいが——となった今回の事件を、教頭はそれこそ興奮で唾を飛ばさんばかりの勢いで教えてくれたのだが、あまりの話の内容にいつしか俺は相槌を打つのも忘れ、ぽかん、として聞き入ってしまっていた。

『歌舞伎町でチンピラが通行人に絡んでいたんだが、そこに通りかかった南条光太がそのチンピラを全員、殴り倒したそうだ』

「……すごいですね……」

そういえば光太は、痴漢撃退のために少林寺拳法を習っていると龍之介が言っていたな、と俺は思い出し、感嘆の声を上げたのだが、

『そんな呑気なことは言ってられないんだよ』

教頭の怒声に慌てて「すみません」と平身低頭詫びた。

『だいたいこんな夜中に歌舞伎町を一人でウロウロしていただなんて、問題じゃないか！　その上、親に連絡を入れるからといくら警官が言っても「教えたくない」の一本やりだったそうだ。それで学校に連絡がきたんだが、それにしても君、一体これはどういうことかね』

「……え……」

どういうことと聞かれても、と口ごもった俺に、教頭はますます怒りも露《あらわ》に俺を怒鳴りつけてきた。

『夏休みの間、君が補習をすることになってたんじゃないのか！』

「そ、そうなんですが……」

あまりの剣幕に押され、たじたじとなっていた俺を教頭は一喝した。

『ともあれ！　すぐ新宿署に行って来い！　保護者の代理だ。いいな？』

「は、はい…」

物凄い勢いで電話を切られたあと、俺は慌てて支度して家を飛び出した。運良く通りかかったタクシーを捕まえ、「新宿署」と行き先を告げる。

「新宿署ね、なんかあったんですか？」

「いや……」

バックミラー越しに好奇心まるだしの視線を向けてくる運転手の問いかけをかわすために寝たふりをしながら、俺は教頭の電話の内容を頭の中で反芻《はんすう》していた。

光太の身に何か起こったらどうしよう、と心配してはいたが、まさか彼が加害者側に身をおくようなことになるとは、考えてもみなかった。

ともあれ、行方がわかっただけでもよしとしようと思いながら俺は車が警察に到着するのをじりじりして待った。

ようやく新宿署に到着したあと、俺は入り口で教えられた少年課へと向かった。

「あの……」

南条光太の担任だ、と名乗ると、

「助かったよ」

強面《こわもて》の刑事が、ほとほと困った、という顔のまま、俺に縋りついてきたものだから、驚きのあまり俺は数歩下がってしまった。

「はい？？」

「こりゃ失敬」

刑事は照れたように笑うと、「こっちです」と案内役を買って出てくれた。

「あの、南条君は、怪我《けが》などは……」

一番の心配ごとはそれだと思って尋ねた俺に、前を歩いていた刑事は、

「怪我どころか！」

大きな声を出しながら振り返り、俺をまた驚かせた。

「はい？」

「もう、あんな女の子みたいな可愛い顔してるくせに、七人ですよ、七人。七人ものチンピラをあっと言う間に伸《の》してしまったんですから。しかも本人怪我一つないんですからもう、世の中どうなってるんだか……」

「えーっ」

そこまで凄い話とは思っていなかった俺が仰天《ぎょうてん》するのに、

「本当に驚きですよ」

刑事も頷きながら、

「チンピラたちが、サラリーマンに絡んでいたのを見ていられなかったっていうんですがね」

男気は認めますがねえ、と言い、肩を竦めた。

「でもまあ、高校生が夜中の二時に歌舞伎町をウロウロしてること自体が問題でしょう。それで親御さんに連絡をとると言ったんですが、連絡先を尋ねてもこれがまた、頑として口を割らないんですよ」

「どうしてなんでしょう」

「私が聞きたいですよ」

　尋ねた俺に刑事はそう答えると、

「ああ、ここです」

『第一会議室』と書かれた部屋のドアをノックした。

「入るよ」

　刑事の後ろに続き、俺も室内に足を踏み入れる。がらん、とした大きな部屋の真ん中、口の字型に並べられた机の一角に湯飲みを前に座っていた光太が、俺の姿を見て驚いた顔になった。

「先生！」

　ぴょん、と飛び跳ねるようにして立ち上がり、俺へと駆け寄ってくる。

「どうして？　なんで先生が？」

「光太君こそ何やってるんだよ」

　腕に縋りついてくる光太にそう問い返すと、途端に光太は泣きそうな顔になった。

「ごめんなさい……」

「あ、やっと謝った」

　後ろで刑事が呟《つぶや》いたところを見ると、余程光太は強硬な態度をとっていたらしい。

「怪我はないのか？」

　ないと聞いていたが、洋服も、そして可憐な顔も汚れていたのでそう問いかけると、

「うん、全然大丈夫」

光太の顔に少しだけ微笑みが浮かんだが、すぐに彼の綺麗な形の眉は顰められ、大きな瞳が潤み始めた。

「本当に先生、ごめんなさい。せっかくパパと楽しんでいるところを、こんなことで呼び出して……」

「え……」

光太の汚れた頬を、幾筋もの涙が伝うのを、俺は啞然として見つめていた。

光太は俺と龍之介が、二人で軽井沢の別荘にいると思い込んでいる——だから刑事に何を言われても、頑として父親の連絡先を言わなかったのか。

俺と龍之介の邪魔をすまいと思って——。

「……光太君……」

なんということだ、と思う俺の胸に、熱い想いが込み上げてくる。

「ごめんなさい」

うわん、と声を上げて泣きじゃくる光太の背を、いつの間にか俺は思い切り抱き締めてしまっていた。

「……先生……」

光太が驚いたように泣き止《や》み、俺の顔を見上げてくる。

「……違うんだ」

「……え？」

何が違うのだ、と光太が問い返そうとしたとき、

「あのー」

背後から俺たちの注意を引こうと、刑事が声をかけてきた。

「は、はい」

すっかり彼の存在を忘れていた俺が――ニワトリ並みの脳のつくりだと赤面してしまった――慌てて光太の身体を離すと、刑事は俺にぺらり、と書類を示してきた。

「この『保護者欄』に署名していただけますかね。そうしたらもう、帰っていただいて結構ですので」

「わかりました」

言われるがままに署名をしたあと、俺たちは刑事に連れられ、署の出口へと向かった。

「二度と来るなよー」

刑事に見送られ――言われるまでもなく、二度も訪れたい場所ではなかった――俺は署の近くに止まっていたタクシーに光太を乗せ、自分も横へと乗り込んだ。

「家でいいかな？」

「うん」

光太は頷いたが、何かがおかしいということには敏感に気づいたらしい。

「先生、『違う』ってどういうこと？」

車が走り始めるとすぐ、身を乗り出してきて、真剣な眼差しで俺の顔を覗き込んだ。

「……それが……」

何から話せばいいのかと思いつつ、俺はぽつぽつと光太に説明をし始めた。

「お父さんも今、軽井沢の別荘にはいないんだ」

「ええ？」

どういうこと、と光太が俺に食ってかかる。

「なんで？　パパは今、先生とラブラブうきうきデイズを送ってるんじゃないの？」

「え」

光太の剣幕と台詞《せりふ》に驚いた運転手がバックミラー越しに驚きの視線を向けてくる。

「つ、続きは家についてからにしよう」

俺は慌てて光太の口を塞ごうとしたが間に合わなかった。

「パパと先生の幸せを祈って僕は潔《いさぎよ》く身を引いたのに、一緒にいないって、ねえ、先生、どういうこと？？」

「ええ？」

運転手の驚きが更に増した気配が伝わってきたが、興奮している光太は、そんなことはかまってられない、というように、俺の胸倉を掴んできた。

「は、離して……」

「先生！　どういうこと？　きっちり説明してくれるまで離さないよっ」

「く、苦しい……」

さすが七人ものチンピラを伸しただけのことはある怪力に、呼吸困難に陥りそうになった俺がばたばたと手足をばたつかせるのを見て、

「大丈夫ですかあ？」

運転手がおずおずと問いかけてくる。

「うるさいっ」

「ひえっ」

光太の迫力ある怒声に運転手は二度と後ろを見ないと心に決めたのか、それから全速力で飛ばしてくれ、俺は殆ど気を失いそうになりながら、

「ねえ、先生、どういうこと??」

ぐいぐいと首を絞め上げてくる光太の腕の中で、ひたすら「待て」と懇願《こんがん》し続けたのだった。

ようやく目黒の自宅に到着し、リビングに通された俺は、家のあまりの荒れっぷりに愕然と

してしまった。

そういえば軽井沢に出かける一週間前に家政婦が辞めてしまったと言っていたが、あらゆるものが乱雑に放られたままになっているリビングは、もとが豪華なだけに倍、殺伐《さつばつ》として見えて、思わず俺は言葉を失ってしまっていたのだが、

「先生、どういうこと?」

「実は……」

光太に詰め寄られては、いつまでも驚いてばかりはいられなかった。

俺は絞め上げられた首を擦りながら、光太が別荘を出て行ったのと同じ日に、龍之介も別荘を出てしまったのだ、ということを告げた。

「なんだって??」

そんな馬鹿な、と光太が目を見開く。

「本当なんだ。光太君と同じような書き置きを残して、出て行ってしまったんだよ」

車もなかった、と言う俺に、光太が動揺を隠せない顔で問いかけてきた。

「僕と同じような書き置きって?」

「……光太君と二人、楽しい夏休みを過ごせって……」

「パパ……」

光太の瞳にみるみる涙が盛り上がってゆくのを、俺はおろおろしながら見つめていた。

「そんな、パパだって本当に先生のことが好きだったのにぃ」

　また光太が子供らしく声を上げて泣きじゃくるのに、俺はどうしたらいいかなと思いながら、彼の肩に両手を置いた。

「うわあん」

　光太が俺の胸に縋りついてくる。

「よしよし……」

　背中をさすってやりながら、俺は自分の胸に罪悪感としかいいようのない想いが湧き起こってくるのを抑えることができないでいた。

　光太も龍之介も、お互いのためを思って身を引いた。その対象が自分だと思うと、なんだか申し訳ない気持ちになってしまう。

「……ごめんなさい……」

　少し落ち着いたらしい光太が顔を上げ、俺をじっと見上げてくる。まだ涙はおさまっていないようで、ぽろり、と大きな瞳から零れ落ちる綺麗な雫に俺の目は釘付けになった。

「…光太君……」

　気づかぬうちに俺の両手は、光太の頬へと添えられていた。そっと指先で涙を拭ってやると、光太がまた泣きそうな顔になり、俺をじっと見上げてくる。

「……やっぱり僕、先生のことが好き……」

「……うん……」

彼の瞳に誘われるように頷いてしまった俺に、光太がぽつぽつと涙に嗄《か》れた声で呟くように話し始めた。

「……パパに先生を譲ると言って別荘を出て行ったけど、やっぱりどうしても諦められなくて……今頃パパと先生は、楽しく過ごしているんだろうな、と思うと、自分が望んだことのはずなのに、やっぱり寂しくなってしまって……なんだかとってもむしゃくしゃして、暴れたくなって……」

「……」

暴れるにしてもチンピラ七人はやりすぎだ、と思いはしたが、可憐な光太の泣き顔を前にしてはそんな突っ込みを入れることはできなかった。

「……僕、先生のことが好き……」

「光太君……」

光太の顔がまた涙に歪み、俺の胸に顔を埋めてくる。なんだかたまらない気持ちになり、思わず彼の背をぎゅっと抱き締めようとしたとき——。

「でも」

不意に光太が顔を上げたものだから、驚いたあまり俺の手は宙に浮いた状態のまま止まった。

「パパも本当に先生のことが好きなんだ。先生を苦しめたくなくて、身を引こうと思ったに違いないんだもの」

僕がそうだったから、という光太にまた俺の胸は熱くなったが、光太が真剣な顔で、

「パパ、一体どこに行ってしまったんだろう……」

と訴えてきたのに、それどころではないかと込み上げる思いを抑え込んだ。

「心当たりはないのか？」

「うん……あ、そういえば昨日、紀谷《きたに》さんから携帯に電話が入ってたんだった」

パパが僕の居所を捜してるんだと思ったから出なかったんだけど、と言いながら光太が俺から身体を離し、ポケットから携帯を取り出してかけ始める。

「もしもし？　紀谷さん？　遅い時間にごめん」

時計を見るともう朝の五時を回っている。遅いというか早いというか物凄い時間だというのに、紀谷が寝ていた様子はなかった。

『光太君、お父さんの居所、知らないかい？』

光太が耳を当てている携帯から、紀谷の切羽詰まった声が俺にまで聞こえてくる。

「なに？　どうしたの？」

『まったく連絡が取れなくなってしまったんだよ。このままだと雑誌に穴があいてしまう。別荘にもご自宅にもいらっしゃらないし、携帯にもまったく出てくださらないし、もう、僕はどうしたらいいんだか……』

「ご、ごめんね、紀谷さん、僕も心当たりを捜してみるから」

紀谷の嘆きように、光太が申し訳なさそうに相槌を打っているのを、俺はただ呆然と聞いていた。

『唯一の手がかりは、数日前、ウチの編集部の人間が南条先生を羽田空港で見た、ということなんだが、どうだろう、光太君、何か心当たりはないかな』

「空港か……」

紀谷の話に光太は考える素振りをしていたが、やがてはっとした顔になった。

「もしかしたら……」

『心当たりがあるのか?』

「どこなんだ?」

紀谷も、そして俺も光太に期待を込めて問いかける。

「わからないけど、ちょっと行ってみる。また連絡するから」

光太は元気よくそう言うと、

『どこなんだい?　光太君?』

大声で喚いている紀谷の電話を切った。

「光太君?」

「多分、あそこだ」

光太が俺に向かい、大きく頷いてみせる。

「どこだ?」

「沖縄だよ」

「沖縄?」

なんだってまた、と大声を上げた俺は、続く光太の言葉に、今度は言葉を失ってしまった。

「パパの処女作の舞台が沖縄なんだ。先生、あの話が本当に好きだってパパに熱く訴えたでしょ」

「………」

だから沖縄――そんな、と啞然としている俺の腕を、光太ががしっと摑んだ。

「パパを迎えに行く……先生にも一緒に来てもらいたいんだけど」

「……あ、ああ……」

光太の真摯な瞳が語るのはいかなる彼の感情なのか――慮《おもんぱか》る俺の前で、光太が一瞬泣きそうな顔になる。

「パパもきっと今、苦しんでると思うんだ……僕が苦しんでたみたいに」

「………」

光太の言葉に俺の胸にはまた、罪悪感としかいいようのない苦い思いが込み上げてきた。

彼らを苦しめているのは俺なのか――俺の言葉が彼らを傷つけ、苦しめているとでもいうのだろうか。

そんな――呆然と立ち尽くしていた俺は光太に、

「先生」

と腕を引かれ、我に返った。

「そんな顔、しないで」

「え」

光太が無理やりのように笑ってみせる。どんな顔をしていたんだと頬に手をやった俺の腕を、光太はまたぎゅっと握った。

「先生のせいじゃないから」

「……………」

俺の心を読んだかのような彼の言葉に絶句した俺に、光太は再び、

「先生が悪いんじゃないからね」

と同じような言葉を繰り返してきたが、『悪くない』と言われれば言われるほど俺の胸に罪悪感は募り、痛々しい微笑を浮かべる光太を前に、いたたまれない気持ちはますます膨らんでいった。

8

羽田発六時半、朝一番の沖縄便に俺と光太は荷物も持たずに乗り込んだ。

「沖縄でパパが滞在しそうなのは多分……」

一昨年、年越しをしたオクマビーチのホテルだと思う、と言う光太の言葉に従い遠距離専用のタクシーに乗り込んだあと、ホテルに到着するまでのほぼ二時間を俺たちはじりじりして過ごしていた。

飛行機が出るまでの間、羽田空港からそのホテルに電話を入れたのだが、宿泊者の中に龍之介の名はなかった。他の主要なホテルの宿泊名簿にも名前はなく、もしかしたら沖縄ではないのでは、と俺は不安にかられたのだが、

「絶対パパは沖縄にいる」

しかもオクマビーチにいる、と光太は頑として譲らず、一人息子の言うことに間違いはあるまいと俺は無理やりそう思い込むことにし、彼に従ったのだった。

「偽名で泊まってると思う」

締め切り破ってるし、と、窓の外、青い沖縄の海を眺めながら、ぽつり、と光太が呟いたが、

その言い方はあたかも自分に言い聞かせているようだった。

間違いない、と断言したものの、彼も不安なのだろうと、俺は膝に置かれていた光太の手をぎゅっと握り締めた。

「先生……」

光太が驚いたように俺を振り返る。

「きっといるよ」

俺がそう頷くと、光太は一瞬何か言おうとしたが、すぐに目を細めて微笑んできた。

「うん。いるよね」

そうして俺の手をぎゅっと握り返す。ホテルに着くまで交わす言葉は少なかったが、俺たちはずっと強く手を握り合い、龍之介が見つかることだけを祈っていた。

二時間後、ようやくタクシーは目当てのホテルに到着した。二万円もかかってしまったことに驚く間もなく、金を払ったあとすぐ俺は光太に続いてフロントへと向かった。

「あのっ」

「あら」

ぱらぱらと人がいるロビーに駆け込み、光太がフロントの女性に声をかけると、中年のその女性は光太を見て驚いたような顔になった。

「確かあなた……」

「そうです、南条龍之介の息子です！」

光太が勢い込んでフロント係の女性に名乗る。

「そうそう、一昨年、いらしてくださったのよね。大きくなったわねえ」

懐かしそうに目を細めるフロント係は、あとから光太に聞いたのだが龍之介のファンなのだそうだ。それで光太のことも覚えていたらしいが、俺たちにとっては本当に好都合だった。

「あの、父、泊まってないですか？」

光太の問いに彼女はあっさりと、

「いらっしゃるわよ」

と答え、俺は思わず「よしっ」と心の中でガッツポーズをとった。

「やっぱり！」

光太が心底嬉しそうな顔になる。

「一昨年お泊まりになったコテージを気に入っていただいたとのことで、同じところにご案内したのよ」

言いながらフロント係はホテル内の地図を取り出し、コテージを指で示した。

「ほら、ここ。坊ちゃんも覚えてないかしら」

「覚えてます！　凄い素敵なコテージでした!!」

龍之介が見つかった嬉しさのあまり、光太は浮かれているようだ。満面の笑顔でリップサービスしたものだから、フロント係はそれは嬉しそうな顔になった。

「ありがとう。今日から坊ちゃんたちも泊まられるの？」

「はい！」

「え」

勢いよく頷いた光太の横で、聞いてない、と俺は思わず声を上げたのだが、そんな俺の腕を光太はぐい、と引いて俺の口を塞いだ。

「あら、でも特にお父様から何の連絡もないみたいだけど……」

フロント係がパソコンを操作し始めたのに、光太は、

「多分忘れたんだと思う。それじゃ、またあとで！」

明るくそう手を振ると、俺を引っ張って外へ出た。

「やっぱりパパ、いたね！」

「ああ、よかった」

ほっと安堵の息を吐いた光太が、俺の手を引き、コテージへと向かって歩き始める。

「パパはここを気に入ってたから間違いないとは思ってたけど、もしいなかったらと思うと不安で不安で仕方がなかった」

綺麗に整備された芝生の上を歩きながら、光太がぽつりとそう告げ、俺の手をぎゅっと握る。

「……お父さんと心が通じ合ってるんだね」

上手い相槌が一つも浮かばず、そんな上滑りなことしか言えなかった俺に、光太はまた嬉しそうな顔をして微笑むと、

「うん」

大きく頷き、俺の手をまたぎゅっと強く握り締めた。

「ここだよ」

コテージは全部で四十近くあるのだろうが、龍之介が泊まっているというのはフロントから一番遠い建物だった。光太がインターホンを鳴らし、俺たちは息をつめて応答を待った。

『はい』

低い——そして若干元気のない声がインターホン越しに聞こえてくる。龍之介の声だ、と思ったときには、光太が先に叫んでいた。

「パパ！」

『光太……』

龍之介が驚いた声を上げたと同時にプツ、とインターホンが切られ、室内からはばたばたと慌てた様子の足音が響いてくる。

「光太！」

「パパ！」

ドアが開いたと同時に光太がドアノブを摑んで大きく外側へと開いた。俺の目に龍之介の姿

が飛び込んでくる。

「……先生……」

思わず驚きの声を上げてしまうほど、龍之介の様子は今まで見たこともないくらいに憔悴《しょうすい》したものだった。

無精髭が浮いている顔は少しやつれ、目の下にはくっきりと隈《くま》が浮いている。溌剌とした彼しか知らない俺は、なんだかショックを受けてその場に立ち尽くしてしまったのだが、龍之介も俺を見て、ショックを受けたようだった。

「……正規君……」

呆然とした顔で俺と光太を代わる代わるに見ていたが、玄関先にいつまでも佇《たたず》んでいることもないと気づいたらしい。

「入ってくれ」

力ない声でそう言ったかと思うと踵《きびす》を返し、部屋の中へと引き返していった。

「うん……」

望んでいた再会を果たしたというのに、光太の表情には心配そうな様子がありありと浮かんでいた。

「……どうしたんだろう」

俺が囁くと光太は、

「多分、原稿が進んでないんだと思う」

小さく囁き返し、行こう、と俺に頷いてコテージの中へと入っていった、俺も彼のあとに続く。

コテージはベッドルームとリビングの二部屋があるようだった。リビングには文机が置いてあり、ノート型のパソコンが開いてあったが、ちらっと見た限り画面は真っ白だった。

「何か飲むかい」

言いながら龍之介が冷蔵庫に向かっていくのに、光太が後ろから声をかけた。

「パパ、どうして別荘を出て行ったりなんかしたの」

「え？」

龍之介が驚いたように振り返る。いつもは綺麗に後ろに撫で付けている髪が、はらり、と額に落ちる様が少しやつれた彼の顔に壮絶に映え、思わず見惚れてしまいそうになった俺は、光太の叫ぶ声にはっと我に返った。

「僕は先生とパパに幸せになってもらいたかったのに」

「何を言うんだ」

龍之介が心底驚いた声を上げ、光太へと近づいてゆく。

「それは私の台詞だよ。私はお前と先生に楽しい夏を過ごしてもらおうと思ったのに、どうしてこんなところまでやって来たんだ？」

「僕もそう思って身をひいたんだよ」

「ええ？」

龍之介が、わけがわからない、という顔で光太を見る。

「実は……」

ここは俺が説明するしかないかと、俺はおずおずと二人の会話に割って入った。

「あの日、光太君も先生も、同じような書き置きを残して別荘を出て行ってしまったんです」

「なんだって？？」

龍之介が驚いた顔で俺と光太を代わる代わる見つめている。

「そうなんだって。僕も本当にびっくりしたんだけど」

「それじゃあ、別荘には先生が一人で……？」

「…はい……」

頷いた俺に、龍之介は唖然としたまま、

「そうだったのか……」

それ以外に何も言えない、というように頷いた。

「お二人が東京に戻ってらっしゃるかと思って目黒の家に行ったのですが、誰もいなくて……」

「ちょっと待て、光太、お前はどこにいたんだ？」

いつまでも唖然としてはいられないと思ったのか、龍之介が俺の説明を遮《さえぎ》った。

「……あの……」

光太が言い澱《よど》むのに、言いつけるようで悪いかとも思ったのだが、父親には報告しておこうと、俺は昨夜の彼の乱闘事件を龍之介に話した。

「チンピラ七人！」

龍之介の目が見開かれる。やはり驚くよな、と思いながら頷いた俺の前で龍之介は、光太の肩を摑んだ。

「どうして警察が来る前に逃げない」

「あのー」

そこが注意のしどころか、とずっこけた俺に、龍之介は「冗談だ」と笑ったあと、改めて光太の顔を覗き込んだ。

「ヤクザ相手にそんな無茶をして、どれだけ危険だったかわかってるのか」

「……ごめんなさい……」

叱《しか》られて光太がしゅん、となる。

「……いや……」

項垂れた光太の前で、叱っていた方の龍之介もがっくりと肩を落とし、俺を驚かせた。

「お前がそんな大変なときに連絡がとれない私も、父親失格かもしれない」

「そんなことないよ、もともとパパには連絡すまいと思ってたんだよ」

光太が慌てたように顔を上げ、龍之介の腕を摑んだ。

「どうして」

龍之介が心外だ、という顔になる。

「だって僕、てっきりパパは軽井沢で先生と楽しい時間を過ごしてると思ってたから……」

「……私もお前と先生が楽しく過ごしているとばかり思ってた」

親子が顔を見合わせ、お互いに「はあ」と大きな溜め息をついている。思考回路といい、行動パターンといい、この二人は本当に似たもの親子だと、微笑ましい気持ちになりながら俺は光太と龍之介を見つめていた。

――が、あまり微笑んでばかりもいられない展開が俺を待ち受けていた。

「でね」

光太が思いつめた顔をし、龍之介と俺を順番に見つめたあとおもむろに口を開いたのだ。

「なんだ？」

龍之介が不思議そうにそんな光太を見下ろしている。

「今日は改めて、パパに先生を渡しに来た」

「なに？？」

渡すってそんな、荷物じゃないんだからと慌てたのは俺だけではなかった。

「光太、何を言うんだ」

龍之介も驚いたように目を見開き、光太の顔を覗き込んでいる。

「パパ、先生のことが好きなんでしょう？　先生が傍にいると筆が驚くほど進むって言ってたじゃない。先生がいなくなったから、書けなくて苦しんでるんじゃないの？」

「……光太……」

真っ直ぐに自身を見つめる光太の真摯な瞳を受け止め切れないというように、龍之介が顔を背けた。

「……僕、先生のことは好きだけど、苦しんでいるパパを見ていられないんだ。僕が身を引けば二人が幸せになれるんだったら、僕、喜んで先生を諦める。そう決めたんだ」

「光太君……」

光太の瞳はきらきらと眩しいくらいに煌めいていた。それが彼の目にいっぱいにたまった涙が、部屋の灯りを受けて輝いているのだということに気づいた俺の胸に、熱い塊が込み上げてきた。

「……駄目だよ、光太」

龍之介がゆっくりと顔を上げ、光太に向かって首を横に振ってみせる。

「どうして」

光太が龍之介に縋りつくのに、龍之介は、

「いいかい？」

やはり潤む瞳で光太を見下ろしながら、穏やかな口調で話し始めた。

「……お前こそ、先生と離れて苦しんでいたんだろう？　チンピラ相手に大立ち回りだなんて、普段のお前なら絶対しないことだ」

「……パパ……」

光太がバツの悪そうな顔をして俯くのに、龍之介は彼の肩を掴み直すと言葉を続けた。

「お前が苦しんでいるのを私が放っておけるわけがないだろう。私が身を引くよ。お前こそ先生と幸せになりなさい」

「そんな、そんなことできるわけがないよ」

光太が激しく首を横に振る。彼の瞳から零れ落ちた涙が煌めきながら宙を舞った。

「パパが幸せになってよ」

「お前が幸せになれ」

龍之介の目も酷く潤み、今にも涙が零れ落ちそうになっていた。

幸せになれ——互いが互いを思い合う彼らの争いは終わる気配をみせなかった。

「僕が身を引くよ」

「いや、私が諦める」

「そんなのは駄目だよ」

譲り合う二人を見つめる俺の胸では、ずっと宿り続けていた罪悪感が今や爆発しそうなほどに膨らんでいた。

「あの…っ」

胸の中でパン、とはじけたのは多分、その『罪悪感』と、そしてもう一つ——。

「なに？　先生」

「どうした」

いきなり口を挟んだ俺に、光太と龍之介、二人の視線が集まる。

「ごめんなさい」

そんな彼らの前で俺は深々と頭を下げた。

「先生、どうしたの？」

「何を謝ってるんだい？」

光太も龍之介も驚いて俺へと歩み寄ってくる。

「……俺が悪かったんです」

「悪い？」

「なんのことだね？」

二人がまた俺に向かって一歩を踏み出すのに、俺は最後に残っていた葛藤から己を解放する決意を固めた。

そう、俺の胸の中でさっき弾《はじ》けたのは——俺が捉われていた『世間の常識』の枷《かせ》だった。

「……俺は……怖かったんです。光太君と先生、両方に惹かれてゆく自分が怖かった……」

「え？」

光太が驚いたように目を見開き、龍之介がどうして、というように小首を傾げている。俺の言葉の続きを待っている彼らに、俺は自分の想いが伝わるよう、できるだけ言葉を飾らないよう心がけながら話を続けていった。

「……俺の常識では、一度に好きになる相手は一人のはずだった……それなのに、と思うのと同時に、俺は……あれも怖かった……」

「……あれ？」

「……」

光太が不思議そうな顔になる横で、龍之介がもしや、というように俺の顔を覗き込んでくる。やはり龍之介には見抜かれているのかもしれない——そう思いながら、俺は勇気を振り絞り、恥ずかしくてたまらない言葉を口にした。

「二人とのセックスがあまりにもよくて……男に抱かれるだけでも俺にとっては考えられないできごとだったのに、しかも二人がかりで抱かれるなんて……、頭では拒絶しているのに、身体はどんどんよくなってきてしまう、それにどうしても耐えられなかったんだ……」

「先生」

「……赤裸々な告白だな」

驚いた光太の声に、笑いを含んだ龍之介の声が重なり、確かに赤裸々だと俺は顔を赤らめ口を閉ざした。

「……だが、別に悩むことはない。言ったろう? 異常、正常なんてケース・バイ・ケースだ。自分で自分に『異常』という枠をはめることなどナンセンスだよ」

ね、と龍之介が微笑み、俺の肩をぽん、と叩いた。

「……先生……」

「気持ちのいいセックス、喜ばしいじゃないか。君がそんなにいいと思ってくれていたなんて、嬉しい限りだよ、ね、光太」

振り返った龍之介に、光太も嬉しそうな顔で「うん」と頷き、俺に歩み寄り腕を掴んできた。

「それに、僕にもパパにも惹かれてくれていたなんて、本当に嬉しいよ。ね、パパ」

光太の問いに、龍之介が「そうだな」と目を細めて頷いている。

「先生は僕たち二人を好きになるのが怖い、と言うけど、僕は先生とパパ、二人が好きだよ」

「……え……」

光太が真っ直ぐに俺を見つめて告げた言葉が、俺の胸に染み込んでゆく。

「私も光太と正規君、二人が好きだ」

龍之介も真っ直ぐに俺を見つめ、深く頷いてみせた。

「……何も問題、ないんじゃないかな?」

俺の腕を握る光太の手に力が込められる。

問題は——かなり大きいと思う。男同士、しかも親子、しかも二人がかり——普段なら俺にそう囁きかけてくる『常識』は、先ほど弾けてどこかへ消え失せてしまっていた。

「……そうかな……」

小さく呟いた俺に、

「そうだよ」

「勿論」

力強い親子二人の相槌が部屋に響き渡った。

「……先生、僕たちとのセックス、そんなによかったんだ」

「それを聞いたらもう、我慢できないな」

俺の身体に触れる二人の手の熱さに、俺の身体が震え始めた。

それは恐怖からでは決してなく——これから始まるめくるめく快感を期待したものだということは、二人にはすぐわかったらしい。

「久しぶりに、先生を抱きたいな」

「思いっきり、天国を見せてあげよう」

二人がそれぞれに俺の手を引き、リビングを突っ切ってベッドルームへと向かってゆく。

「…………」

彼らに腕を引かれながらも、俺はしっかりと自分の意思で足を踏みしめ、ともに快楽の高みを目指すべく、彼らのあとに続いていった。


ベッドルームは遮光のカーテンが下がり、薄暗かった。

「電気をつけてもいい？」

さすがにカーテンは開けられないから、と光太が笑って部屋の電気をつける。

「……」

恥ずかしいから、と消してもらおうとしたとき、後ろから龍之介の手が伸びてきて、俺が着ていたTシャツを捲り上げた。

「あの……」

戻ってきた光太が俺の前に跪《ひざまず》き、ジーンズのボタンを外し始める。

「君は立ってるだけでいいから」

「あ、ここはもう勃ってる」

龍之介に耳朶を噛むように囁かれ、びくっと身体が震えた俺は、下肢から響いてきた光太の声に頬を染めた。

「可愛い……」

光太が俺のジーンズを下着ごと足首まで下ろし、勃ちかけた俺を口に含む。

「……ん……」

俺からTシャツを剝ぎ取ったあと、龍之介も俺の後ろで膝をつき、両手で尻を掴むとそこへと顔を埋めてきた。

「……あっ……」

龍之介の指が俺のそこを広げ、ざらりとした彼の舌が差し入れられる。ぐるりと中を指で抉られる感覚に、俺の身体は大きく震えた。

「あっ……あぁっ……あっ……」

前では光太が跪き、一心に俺をしゃぶっている。竿を手で扱き上げ、もう片方の手で睾丸を揉みしだく動きは、俺を一気に快楽の絶頂へと追いたてていった。

「あっ……はぁっ……あっ…あっ…」

後ろを指と舌で攻められ、前を激しく扱き上げられるうちに、俺の脚はがくがくと震え、立っていられなくなってきた。膝をつきそうになり、光太の肩に掴まると、光太は目を細めて微笑み、尚も俺を扱き上げてきた。

「あぁっ……あっ……もうっ……もうっ……」

後ろを抉る指はすでに三本になっていた。大きく広げられたそこを、龍之介の硬い舌が舐りまわしてゆく。素っ裸の俺に対し、少しも服装の乱れのない彼らが跪き、俺を攻める様を見下ろすだけで俺はもう、達してしまうほどに高まっていた。

「立ってるの、辛い？」

光太が俺を口から離し、快楽に上擦った声で問いかけてくるのに、俺はこくこくと、何度も首を縦に振って答えた。

「それならベッドに行こう」

後ろから指が抜かれた、と同時に、俺は立ち上がった龍之介に横抱きにされていた。

「さあ」

静かにシーツの上に横向きに下ろされた俺の下肢の前後に、また光太と龍之介が顔を埋めてくる。

「……やっ……あぁっ……あっ……」

またも彼らの舌が、指が、俺を攻め立ててくるのに、俺は激しく首を横に振り、俺を咥える光太の髪を摑んだ。

「……なに？」

光太が顔を上げ、無邪気な笑みを向けてくる。

「……や……っ……」

少しも服を脱ぐ気配のない彼らに、焦れてしまっているのだということは、いくら常識を手放した俺にも口にできないことだった。

「…なに、先生」

言いながら光太が俺の先端に、ちゅ、とくちづけし、零れる先走りの液を音を立てて吸ってみせる。

「や……ん……」

腰がくねったところを後ろからぐい、と指で抉られ、俺の唇からは自分でも驚くくらいの甘い息が漏れていた。

「先生はそろそろ、挿れて欲しいんだよ」

すべてお見通し、とばかりに龍之介がそこから顔を上げ、ね、というように俺の尻を叩いてくる。

「……もう……」

恥ずかしい、と顔を伏せた俺に光太は、「なんだ」と笑うと、勢いよく身体を起こし、ぱっぱっと服を脱ぎ始めた。

「僕からいっていい？」

全裸になった光太の雄はすでに勃ちきっていた。

「ああ、勿論」

やはり全裸になった龍之介の雄も勃ちきり、先走りの液を零している。

「じゃあ、今日は横から」

うふふ、と光太は笑うと、横向けに寝ていた俺の片脚を抱え上げた。

「あっ……」

露にされたそこに、ずぶり、と光太の太い雄が埋め込まれ、俺は歓喜の声を上げた。

「松葉くずしか」

龍之介がいやらしげな顔で笑い、俺の下肢に顔を埋めてくる。

「あぁっ……あっ……あっ……あっ…」

激しい律動が始まったと同時に、龍之介にそれを口に含まれ、俺はまた一気に快楽の階段を駆け上っていった。

「あぁっ…あっあっあっ」

強烈な快感に達してしまいそうになると、龍之介の指がぎゅっと俺の根元を握って抑えようとする。ちょうど頭を反対にして横たわっているので、俺の目の前では龍之介の立派な雄が、ぽたぽたと先走りの液を零していた。

「あぁっ……あっ……あっ…」

喘ぎながら俺は、目の前で震える龍之介の雄へと手を伸ばし、それに自身の顔を近づけてしまっていた。

「先生」

驚いた声が頭の上で聞こえたと同時に、俺を舐っていた龍之介の動きが一瞬止まった。

どうしてそんなことができたのか——びくびくと震える龍之介の雄を、俺は口いっぱいにほおばっていた。

「んんっ……」

わっと口の中に青臭い匂いが広がり、苦い味が舌を刺す。決して美味しいものではないのに、口の中に龍之介を収めていると思うだけで俺の胸には熱い想いが広がっていった。

「パパ、いいなあ…」

恨みがましい光太の声が響き、腰の律動が一気に速まる。

「んん……っんっ……んんっ…」

息ができない、と苦しみながらも龍之介を放そうとしない俺に、気を遣った龍之介が腰を引いた。

「……あぁっ……」

ぽろり、と龍之介の雄が口から零れ、ようやく酸素が口から入ってくる。はあはあと息を乱しながらも、また彼を口へと含もうとする俺に、龍之介が更に腰を引いてやめさせようとし、無言の争いは続いた。

「あぁっ…あっ…あっ…あぁっ…」

喘ぎながら俺は龍之介を両手で摑み、先端を舌で割ろうとする。

「……正規……」

戸惑った龍之介の声が俺をますます執拗《しつよう》にし、彼が腰を引くのを追いかけしゃぶり続けた。

「あぁっ…」

光太の律動が一段と速まり、俺を一気に絶頂へと導いてゆく。

「ああっ…」

光太が俺の中で達したと同時に、俺も龍之介の口の中で達し、白濁した液を飛ばしていた。

「……あぁ……ん……」

いつの間にか放してしまった龍之介の雄が、俺の前から消えてゆく。

「今度は私の番だ」

「ずるいよ、パパ。先生にしゃぶってもらうなんて」

口を尖らせた光太が、俺の身体をごろり、と転がし、上から顔を覗き込むようにして唇を寄せてきた。

「先生、今度は僕のもしゃぶってくれる?」

「……ん……」

貪るように唇を合わせてきながら、光太が俺の、すっかり興奮して勃ち上がっていた胸の突起をきゅっと抓り上げる。

「……あぁっ…」

高く喘いだところを、両脚を抱え上げた龍之介に今度は正常位で攻められる。

「あっ……はぁっ……あっ…あっ…あっ…」

達したばかりだというのに、俺の身体は熱く滾《たぎ》り、二度目の絶頂へと向かって体中の血が走り出していた。

「…先生……」

唇を外し、光太が俺に微笑みかけてくる。

「好き……」

「私も……っ……好きだ……っ」

激しく腰を前後させながら龍之介が叫ぶように言う声に、再び唇を合わせてくる光太の可憐な笑顔に、快楽に喘ぐ俺の胸には身体に感じる熱以上の熱い想いが溢れていった。

またも失神するまで攻め立てられた俺は、そのあとほぼ一晩寝込んでしまったのだが、龍之介はその一晩のうちに原稿をある程度までまとめ上げ、紀谷に連絡をとったのだそうだ。

龍之介の原稿が上がるまでの三日間、俺たちは沖縄のオクマビーチで過ごしたのだが、ビーチに出ることは殆どなかった。これでもかというくらいにキスマークのついた身体を、太陽の下にさらす勇気が俺になかったためである。

ようやく龍之介が遅れに遅れた締め切り分の原稿を上げると、俺たちはまた軽井沢の別荘へと引き返し、打って変わって涼しい夏を過ごすことになった。

「先生、東京でも一緒に住まない？」

もう離れたくないから、と言う光太に、

「そうだよ、よかったらあの家に越してくるといい」

想いは同じだ、と龍之介も誘ってくれ、夏休みが終わったら本気で引っ越そうかな、と俺の心は傾いている。

ただ一つ問題なのは、毎晩のように光太と龍之介、二人がかりで攻められ、昼間は殆ど使い物にならないくらいに消耗しきってしまうことだった。さすがに学校が始まったら、よろよろしながら登校するわけにはいかないし、と彼らに申し出ると、

「そんなことなら！」

簡単じゃない、と光太がにっこり微笑み、俺に抱きついてきた。

「簡単？」

「そう、曜日ごとに決めるの。月、水が僕で、火、木がパパと一緒に寝る日って」

「ああ、それはいいかもしれないね」

龍之介も微笑み、後ろから俺を抱き締め髪に顔を埋めてきた。

「週末の金曜、土曜は二人で思い切り先生を可愛がるっていうのはどう？」

「日曜日は休みか？　それなら正規君の負担も減るだろう」

いいアイデアだ、とにこにこと笑い合う彼らと一緒になって笑っていた俺は、待てよ、とはたと我に返った。

「それじゃ、光太と先生の負担は一日おきになって減るかもしれないけど、結局俺は月曜から土曜まで毎日ってことにならないか？」

なんだか少しも問題の解決になっていないような気がする――首を傾げていた俺に、

「あまり深く考えないの」

ね、と光太が俺の右頬にキスをする。

「そうそう、光太の言うとおり」

涼しい顔で笑いながら、今度は龍之介が俺の左の頬にキスをした。

まあいいか――あまりよくないような気もするが――二人分の愛情を受け止めるのだもの、少しくらいの負担や無理が生じるのは仕方がないだろう、と俺は彼らを見ながら心の中で溜め息をつく。

「どうしたの、先生」

「何か不満かな？」

その代わり感じる幸せも二倍だ、と俺は前後から心配そうに俺の顔を覗き込んできた彼らに向かい、

「なんでもないよ」

そう心から微笑み、首を横に振ってみせた。

あとがき

はじめまして&こんにちは。愁堂《しゅうどう》れなです。

このたびは二冊目のラヴァーズ文庫となりました『僕と彼らの恋物語』をお手にとってくださり、どうもありがとうございました。

商業誌で初めて3Pものを書かせていただきました。3Pといってもドロドロした三角関係ではなく、からりと明るいコメディを目指してみたのですが、いかがでしたでしょうか。皆様に引かれていないといいなあと願いつつ、少しでも楽しんでいただけましたら、これほど嬉しいことはありません。

今回イラストをご担当くださいました高橋悠《たかはしゆう》先生に、この場をお借りいたしまして心より御礼申し上げます。

美形親子に懐かれる災難(?)に見舞われた高校教師の前沢《まえざわ》、可愛く綺麗な息子の光太《こうた》、エロくさい笑顔が魅力の小説家、父龍之介《りゅうのすけ》と、それぞれの魅力溢れるキャラクターに、そして三人の絡みにクラクラきていました。先生にとって私の印象が3P作家になっていないことを祈りつつ(汗)、素敵なイラストを本当にどうもありがとうございました!

また、担当のT井様をはじめ、本書の発行に携わってくださいました全ての皆様にも御礼申し上げます。

最後になりましたが、何よりこの本をお手にとってくださいました皆様に、心より御礼申し上げます。今回もとても楽しみながら書かせていただきました。ちょっと弾けすぎてしまったかな（汗）と心配しているのですが、皆様にも楽しんでいただけているといいなあとお祈りしています。お読みになられたご感想を編集部宛てにお送りいただけますと本当に嬉しいです。何卒宜しくお願い申し上げます。

また機会がありましたら、今回の３Ｐのように特殊（？）なお話も書かせていただきたいと思っています。宜しかったら是非是非、お付き合いくださいませ。

今年も早くも半分が過ぎ、あまりの月日の流れの速さに愕然としているのですが、少しでも皆様に楽しんでいただけるものが書けるよう、これからも頑張りたいと思っています。不束者ですが何卒宜しくお願い申し上げます。

また皆様にお目にかかれますことを、切にお祈りしています。

平成十七年七月吉日

愁堂れな

（公式サイト「シャインズ」http://members.jcom.home.ne.jp/rena-s/）

Lovers Label

僕と彼らの恋物語

ラヴァーズ文庫をお買い上げいただきありがとうございます。
この作品を読んでのご意見・ご感想をお聞かせください。
あて先は下記の通りです。

〒102−0072
東京都千代田区飯田橋2-7-3
(株)竹書房　第五編集部
愁堂れな先生係
高橋 悠先生係

2005年7月30日
初版第1刷発行

●著　者
愁堂れな
●イラスト
高橋 悠

●発行者　牧村康正
●発行所　株式会社　竹書房
〒102−0072
東京都千代田区飯田橋2-7-3
電話　03(3264)1576(代表)
　　　03(3234)6245(編集部)
振替　00170-2-179210
●ホームページ
http://www.takeshobo.co.jp

●印刷所　図書印刷株式会社
●本文デザイン　Creative·Sano·Japan

ISBN 4-8124-2243-4 C0193

ラヴァーズ文庫
Lovers Label
予想外の男《よそうがいのおとこ》
著 愁《しゅう》堂《どう》れな
画 高《たか》宮《みや》東《あずま》
「…好きですよ」「馬鹿か」
何度拒否してもこんな会話の繰り返し。
岩永は本社転勤になって、昔の
訳ありの知り合い、御木本と再会する。
女性顔負けの美貌を持つ御木本は、
昔と変わらず、可愛らしい笑顔を振りまいて
懐いてくるが、岩永は戸惑っている。
ふたりには今でも思い出したくない過去があった。
それが原因で気まずい状態のまま会わなくなり、
お互い後悔の日々を送っていたが、
御木本の後悔は岩永とはまったく違っていて…。
好評発売中!!

ラヴァーズ文庫
Lovers Label
そのわけを
「俺は誰も愛さない」そう言う倉方には、冷たい美貌と屈折した性格のどこかに、隠された秘密があるのかもしれない。
大手デパートに勤める志紀にとって倉方の第一印象は最悪だった。人を見下したような視線、そっけない口調、どれをとっても下請けのデザイナーとは思えない態度の男だった。
しかしある時、酔った勢いで、倉方に絡んでしまった志紀は、そのまま倉方に抱かれてしまう。
「お前がしつこいから抱いた」その後志紀に倉方はそっけなく言い捨てたが、志紀には倉方があからさまに他人を拒否する理由が気になり始めていた。
冷たくあしらわれても倉方への想いが止められないと自覚した頃、倉方に激しい憎悪を抱く青年が現われて……。
好評発売中!!
著 榊《さかき》 花《か》月《づき》
画 金《かね》ひかる

ラヴァーズ文庫
Lovers Label
不確かな抱擁《フタシカナ　ホウヨウ》
ここを出て行けば、お前はまた俺を忘れるんだろ…？
だから離さない。
変わりたい――。
昔から、北斗《ほくと》の行く所には災いが起こる。
その為、接触嫌悪症を患った北斗は部屋に閉じこもりがちの生活を送っていた。
自分を取り巻く不思議な因縁《いんねん》はいったい何なのか…。
その原因を突き止めるため、北斗は母の故郷、ハツ島へ向かった。
七歳の頃その島で記憶を失ったのだ。
記憶をたどれば、どこへ行っても疫病神の自分を変えられるかもしれない。
しかし、そこで北斗を襲ったのは、再度の記憶喪失だった。
島に着いてからの記憶がない北斗の身体には、
誰かと抱き合った後のような痕跡が残っていて…。
幾重にも折り重なる謎と屈折した人の感情が絡まりあう、
エモーショナル　ラブストーリー。
好評発売中!!
著 夜光花《やこうはな》
画 雪舟薫《ゆきふねかおる》